AULA DE CANTO

E OUTROS CONTOS

Título original: *The Singing Lesson*

Copyright da tradução © Editora Lafonte Ltda. 2020

ISBN 978-65-86096-79-8

Direção Editorial *Ethel Santaella*

REALIZAÇÃO

GrandeUrsa Comunicação

Direção *Denise Gianoglio*
Tradução *Otavio Albano*
Revisão *Valéria Thomé*
Capa, Projeto Gráfico e Diagramação *Idée Arte e Comunicação*

Dados Internacionais de Catalogação na Publicação (CIP)
(Câmara Brasileira do Livro, SP, Brasil)

Mansfield, Katherine, 1888-1823
Aula de canto e outros contos / Katherine Mansfield ; tradução Otavio Albano. -- São Paulo : Lafonte, 2020.

Título original: The singing lesson
ISBN 978-65-86096-79-8

1. Contos neozelandeses I. Título.

20-38338 CDD-NZ823

Índices para catálogo sistemático:

1. Contos : Literatura neozelandesa NZ823

Maria Alice Ferreira - Bibliotecária - CRB-8/7964

Editora Lafonte

Av. Profª Ida Kolb, 551, Casa Verde, CEP 02518-000, São Paulo-SP, Brasil – Tel.: (+55) 11 3855-2100
Atendimento ao leitor (+55) 11 3855-2216 / 11 3855-2213 – atendimento@editoralafonte.com.br
Venda de livros avulsos (+55) 11 3855-2216 – vendas@editoralafonte.com.br
Venda de livros no atacado (+55) 11 3855-2275 – atacado@escala.com.br

Katherine Mansfield

AULA DE CANTO

E OUTROS CONTOS

Tradução
Otavio Albano

Brasil, 2020

Lafonte

SUMÁRIO

AULA DE CANTO

Era com desespero – um desespero cruel e cortante – enterrado fundo no coração como uma faca traiçoeira que a srta. Meadows, de chapéu e vestido e carregando uma pequena batuta velha, andava pelos corredores gélidos que levavam à sala de concertos. Garotas de todas as idades, rosadas do frio e esfuziantes com a agitação típica de quem veio correndo para a escola em uma agradável manhã de outono, apressavam-se, saltitavam, desfilavam; das salas de aula vazias chegava um rápido rufar de vozes; um sino tocou; uma voz de pássaro gritou "Muriel." E então um extraordinário toc-toc-toc surgiu na escadaria. Alguém havia deixado cair algum peso.

A professora de ciências parou a srta. Meadows.

"Bom diaaa", exclamou ela, na sua fala afetada e gentil. "Não está frio demais? Parece inverno já."

A srta. Meadows, abraçando a faca, olhou com ódio para a professora de ciências. Tudo nela era claro e doce como mel. Não seria nenhuma surpresa ver uma abelha presa no emaranhado dos seus cabelos loiros.

"Está realmente gélido", disse a srta. Meadows sombriamente.

A outra lançou-lhe seu sorriso doce.

"Você parece con-ge-la-da," falou ela. Seus olhos azuis arregalaram-se; irradiaram um brilho de deboche. (Teria ela percebido algo?)

"Ah, não está tão ruim assim", disse a srta. Meadows e, em troca do seu sorriso, fez uma careta rápida para a professora de ciências e continuou...

As quartas, quintas e sextas séries estavam reunidas na sala de concertos. O barulho era ensurdecedor. No palco, em pé ao lado do piano, estava Mary Beazley, a favorita da srta. Meadows, que era quem tocava os acompanhamentos. Ela estava ajustando a banqueta. Assim que viu a srta. Meadows, deu um grito alto de aviso: "Shh! Garotas!" E a srta. Meadows, com as mãos enfiadas nas mangas, a batuta sob o braço, avançou pelo corredor central, subiu os degraus, virou-se rapidamente, agarrou o porta-partituras, colocou-o na sua frente e deu-lhe duas batidas secas com a batuta para pedir silêncio.

"Silêncio, por favor! Imediatamente!" E, sem olhar para ninguém em especial, seus olhos varreram aquele mar de blusas de flanela colorida, com rostos e mãos rosadas balançando, laços de cabelo trêmulos e livros de música espalhados. Ela sabia muito bem o que elas pensavam. "*Meady* está irritada." Bom, deixem-nas pensar assim! Suas pálpebras estremeceram; ela inclinou a cabeça, desafiando-as. Por que os pensamentos dessas criaturas importariam para alguém que estava ali sangrando até a morte, transfixada no coração, no coração, por uma carta daquelas...

"...Sinto com mais e mais força que nosso casamento seria um erro. Claro que amo você. Amo tanto quanto me é possível amar qualquer mulher, mas, sendo honesto, cheguei à conclusão de que não sou do tipo para casar, e a ideia de me acomodar enche-me de..." – e a palavra "repulsa" fora riscada levemente, com "remorso" escrita sobre ela.

Basil! A srta. Meadows adiantou-se ao piano. E Mary Beazley, que estava esperando por esse momento, inclinou-se para a frente; seus cachos caíram sobre as bochechas enquanto ela sussurrava "bom dia, srta. Meadows" e, em vez de entregar-lhe, indicou para sua professora um lindo crisântemo amarelo. Esse pequeno ritual da flor se repetia havia tempos e tempos, mais de um trimestre e meio. Fazia parte da aula tanto quanto abrir o piano. Mas nesta manhã, em vez de pegar a flor, em vez de prendê-la ao cinto enquanto inclinava-se sobre Mary e dizia "obrigada, Mary. Que gentileza! Vamos para a página trinta e dois," a srta. Meadows ignorou completamente o crisântemo, não respondeu a seu cumprimento e disse com uma voz glacial "página catorze, por favor, e marque bem a acentuação", para o horror de Mary.

Que momento inacreditável! Mary enrubesceu até as lágrimas surgirem nos seus olhos, mas a srta. Meadows já havia voltado para o porta-partituras. Sua voz soou através da sala de concertos.

"Página catorze. Vamos começar na página catorze: *Um Lamento*. Agora, garotas, a essa altura vocês já devem saber de cor. Vamos ensaiar todas juntas; não em grupos, todas juntas. Sem o fraseado. Cantem de forma simples, acompanhando o ritmo com a mão esquerda.

Ela levantou a batuta; bateu-a no porta-partituras duas vezes. Mary iniciou o acorde de abertura; seguiram-se todas aquelas mãos esquerdas, batendo no ar, e as jovens e tristes vozes entraram:

> *"Rápido! Ah, rápido fenecem as ro-osas de prazer;*
> *Breve o outono dá passagem ao so-ombrio inverno.*
> *Veloz! Ah, veloz a mú-úsica alegre vem trazer*
> *Ao ouvido ate-ento o alento eterno."*

Deus do céu, o que poderia ser mais trágico que esse lamento! Toda nota era um suspiro, um lamúrio, um gemido de medonha tristeza. A srta. Meadows levantou os braços no vestido largo e começou a conduzir com ambas as mãos. "... Sinto com mais e mais força que nosso casamento seria um erro...", ela batia. E as vozes gritavam: "*Veloz! Ah, veloz*". O que poderia tê-lo possuído para que escrevesse uma carta assim? O que poderia tê-lo levado a isso? De uma hora para outra. Sua última carta praticamente só falava de uma estante de carvalho envelhecido que ele tinha comprado para os "nossos" livros e de um "elegante mancebo para a entrada" que ele tinha visto, "uma barganha com uma coruja entalhada na estrutura, que segurava três escovas de chapéu nas suas garras". Como ela sorrira ao ler isso! Apenas um homem acharia que era preciso ter três escovas de chapéu! "O alento eterno," cantaram as vozes.

"Mais uma vez," disse a srta. Meadows. "Mas desta vez em

grupos. Ainda sem o fraseado." "*Rápido! Ah, rápido.*" Com a adição do peso dos contraltos, seria difícil não se assustar. "Fenecem as rosas de prazer." Da última vez que Basil veio vê-la, ele vestira uma rosa na lapela. Como estava bonito naquele terno azul-claro, com aquela rosa vermelha-escura! Ele tinha consciência disso. Não podia evitar. Primeiro, alisou o cabelo, depois o bigode; seus dentes brilhavam quando ele sorria.

"A esposa do diretor vive me convidando para jantar. É uma chateação. Nunca posso ter uma noite só para mim naquele lugar."

"Mas você não pode recusar?"

"Bem, ser impopular não é muito bom para uma pessoa na minha posição."

"*A música alegre vem trazer*", gemeram as vozes. Os salgueiros, do lado de fora das janelas altas e estreitas, balançavam com o vento. Eles já tinham perdido metade das folhas. As pequeninas que ainda restavam retorciam-se como peixes presos na linha. "...não sou do tipo para casar..." As vozes ficaram em silêncio; o piano esperava.

"Muito bem", disse a srta. Meadows, num tom tão estranho e insensível que as meninas mais jovens começaram definitivamente a ficar com medo. "Agora que já aprendemos, está na hora de adicionar o fraseado. Tanto quanto puderem. Pensem nas palavras, garotas. Usem a imaginação. '*Rápido! Ah, rápido*'", cantou a srta. Meadows. "Essa parte tem que se destacar; um *forte* alto e grave – um lamento. E então, no segundo verso, 'sombrio inverno', façam esse 'sombrio' soar como se um vento gelado soprasse por ele. 'Sombrio!'", ela exclamou de forma tão angustiante que Mary Beazley, no banquinho, contorceu a espinha. "O terceiro verso deve ser um *crescendo*. '*Veloz! Ah, veloz a música alegre vem trazer.*' Mudando na primeira palavra da última estrofe, 'Ao.' E depois, na palavra 'ouvido', vocês começam a decrescer... a diminuir... até que 'o alento eterno' se transforme num sussurro fraco... Vocês podem diminuir o quanto quiserem no final da última estrofe. Agora, por favor."

De novo as duas batidas; ela levantou os braços novamente. '*Rápido! Ah, rápido*', "...e a ideia de me acomodar enche-me de repulsa..." Repulsa era a palavra que ele tinha escrito. Era o mesmo que dizer que seu noivado estava terminado definitivamente. Terminado! Seu noivado! As pessoas já tinham ficado surpresas por ela ter noivado. A professora de ciências nem sequer acreditara no início. Mas ninguém havia ficado mais surpresa que ela. Ela tinha trinta anos. Basil, vinte e cinco. Tinha sido um milagre, simplesmente um milagre, ouvi-lo dizer, enquanto andavam para casa voltando da igreja naquela noite escura: "Sabe, de um jeito ou de outro, acabei gostando de você". E ele agarrou a ponta da sua estola de penas de avestruz. "*Ao ouvido atento o alento eterno.*"

"Repitam! Repitam!", disse a srta. Meadows. "Mais interpretação, garotas! De novo!"

"*Rápido! Ah, rápido.*" As garotas mais velhas estavam vermelhas; algumas das mais jovens começaram a chorar. Imensas gotas de chuva chocavam-se contra as janelas, e era possível ouvir os salgueiros sussurrando "...claro que eu amo você..."

"Mas, meu querido, se você me ama", pensou a srta. Meadows, "não me importa se me ama muito ou pouco. Pode me amar o mínimo possível." Mas ela sabia que ele não a amava. Nem sequer se deu ao trabalho de riscar aquela palavra "repulsa" o suficiente para que ela não conseguisse lê-la! "Breve o outono dá passagem ao sombrio inverno." Ela teria de abandonar a escola. Nunca poderia encarar a professora de ciências ou as garotas depois que todas soubessem. Teria de fugir para algum outro lugar. "*Ao ouvido atento.*" As vozes começaram a decrescer, a diminuir, a sussurrar… a desaparecer...

De repente, a porta se abriu. Uma garotinha de azul atravessou o corredor apreensiva, com a cabeça baixa, mordendo os lábios e girando o bracelete prateado no seu pulso fino e vermelho. Ela subiu os degraus e parou em frente à srta. Meadows.

"Bom, Monica, o que foi?"

"Ah, por favor, srta. Meadows", disse a garotinha, sussurrando. "A srta. Wyatt quer vê-la na sala das professoras."

"Muito bem," disse a srta. Meadows. E falou para as garotas: "Espero poder contar com vocês conversando baixinho enquanto eu estiver fora". Elas estavam tristes demais para contrariá-la. A maioria assoava o nariz.

Os corredores estavam quietos e frios; ecoavam os passos da srta. Meadows. A diretora sentava-se à sua mesa. Por um momento, não levantou o olhar. Estava, como sempre, desembaraçando seus óculos, presos no seu lenço de renda. "Sente-se, srta. Meadows", disse ela muito gentilmente. Então, retirou um envelope rosa do bloco de papel mata-borrão. "Pedi para chamá-la porque este telegrama chegou para você."

"Um telegrama para mim, srta. Wyatt?"

Basil! Ele havia cometido suicídio, decidiu a srta. Meadows. Sua mão disparou, mas a srta. Wyatt segurou o telegrama por mais um instante. "Espero que não sejam más notícias", disse ela, ainda mais gentil. E a srta. Meadows rasgou o envelope.

"Não preste atenção à carta, deveria estar louco, comprei um mancebo hoje – Basil", leu. Não conseguia tirar os olhos do telegrama.

"Espero realmente que não seja nada sério", disse a srta. Wyatt, inclinando-se para a frente.

"Ah, não, obrigada, srta. Wyatt", corou a srta. Meadows. "Nada sério em absoluto. É..." – e soltou uma risadinha constrangida – "...é do meu noivo dizendo que… dizendo que..." Parou por um instante.

"Entendo", disse a srta. Wyatt. Continuou parada. Então: "Você ainda tem quinze minutos de aula, não é, srta. Meadows?"

"Sim, Srta. Wyatt." Ela levantou-se e correu em direção à porta.

"Ah, só um minuto, srta. Meadows", disse a srta. Wyatt. "Devo dizer que não acho aceitável que professoras minhas recebam telegramas no horário das aulas, a não ser em casos de má notícia, como uma morte", explicou a srta. Wyatt, "ou um acidente sério ou algo parecido. Boas notícias, srta. Meadows, não são urgentes, sabia?"

Nas asas da esperança, do amor, da alegria, a srta. Meadows correu de volta à sala de concertos, atravessou o corredor e subiu os degraus até o piano.

"Página trinta e dois, Mary", disse ela, "página trinta e dois". E pegou o crisântemo amarelo, segurando-o na frente dos lábios para esconder seu sorriso. Então virou-se para as garotas e bateu com a batuta: "Página trinta e dois, garotas. Página trinta e dois".

"Chegamos aqui hoje com um fardo de flores,
Com cestas de frutas e laços sem fim,
Para parabenizar..."

"Parem! Parem!", gritou a srta. Meadows. "Está horrível. Está pavoroso." E ela sorriu para as garotas. "Qual o problema com vocês? Pensem, meninas, pensem no que estão cantando. Usem a imaginação. '*Com um fardo de flores. Com cestas de frutas e laços sem fim.*' E '*parabenizar.*'" A srta. Meadows parou. "Não fiquem tão tristonhas, garotas. Vocês devem soar afetuosas, alegres, interessadas. '*Parabenizar.*' Mais uma vez. Rápido. Todas juntas. Agora!"

E desta vez a voz da srta. Meadows ecoou por sobre todas as outras vozes – completa, profunda, irradiando animação.

NA BAÍA

I

Início da alvorada. O sol ainda não tinha se levantado, e toda a *Crescent Bay*[1] escondia-se sob uma bruma esbranquiçada. Ao fundo, as colinas cheias de arbustos estavam encobertas. Não se via onde elas terminavam e onde as pastagens e casebres começavam. Do outro lado, a estrada arenosa; depois, as dunas brancas cobertas com grama avermelhada deixavam de existir. Não havia nada para demarcar o que era praia e o que era mar. Um orvalho espesso tinha caído. A grama estava azulada. Gotas pesadas pendiam dos arbustos sem cair; as macias e prateadas

1 *Crescent*, literalmente "crescente", é o nome que se dá às ruas em formato de curva, tanto no Reino Unido quanto em suas ex-colônias. Por não haver um equivalente satisfatório em português, optou-se por manter o nome original. (N. do T.)

toi-toi[2] curvavam-se sobre seus longos talos, e todas as calêndulas e cravos nos jardins dos casebres tombavam com o peso da umidade. Os frios brincos-de-princesa estavam encharcados, pérolas redondas de orvalho cobriam as folhas murchas das capuchinhas. O mar parecia ter golpeado suavemente na escuridão, como se uma imensa onda tivesse chegado oscilando, oscilando – até onde? Se alguém estivesse acordado no meio da noite, poderia ter visto um enorme peixe batendo na janela e partindo novamente...

Aah, aah, ecoou o mar adormecido. E da floresta vinha o som de riachos fluindo rápida e levemente, escorregando por entre as pedras lisas, com jatos entrando e saindo das fendas; e ouvia-se o respingo de pesadas gotas sobre as folhas maiores e algo mais – o quê? Um movimento tênue, o quebrar de um galho e depois um silêncio que parecia alguém à espreita.

Além da esquina da *Crescent Bay*, entre os amontoados de rochas quebradas, os passos de um rebanho de ovelhas. Andavam amontoadas, uma pequena massa agitada de lã com pernas finas trotando velozmente como se o frio e o silêncio as tivessem assustado. Atrás delas, um velho cão pastor, com as patas molhadas cobertas de areia, as acompanhava com o nariz no chão, descuidado, como se o pensamento estivesse longe. E então o próprio pastor apareceu no caminho. Era um velho magro e ereto, vestindo um rústico casaco de lã coberto com uma teia de gotinhas, calças de veludo amarradas sob os joelhos e um

2 Espécie de grama alta do gênero *Austroderia*, nativa da Nova Zelândia. (N. do T.)

chapéu de abas largas com um lenço azul enrolado na aba. Uma mão estava apoiada no cinto e a outra segurava um belo cajado amarelado. Enquanto andava, calmamente, ele assobiava uma melodia suave, um ritmo etéreo que soava triste e delicado. De vez em quando o velho cão pulava e brincava e, envergonhado de sua leviandade, voltava a endireitar-se e andava alguns passos apropriados ao lado de seu dono. As ovelhas avançavam em pequenas corridinhas; quando começavam a balir, rebanhos e manadas fantasmagóricos respondiam do mar: "Bééé! Bééé!" Por um tempo, pareciam não sair do lugar. A estrada arenosa se estendia à frente, com suas poças rasas; os mesmos arbustos encharcados de cada lado e as mesmas cercas sombrias. Então, algo imenso despontou; um gigante enorme, os cabelos eriçados e os braços estendidos. Era o grande eucalipto em frente à loja da sra. Stubbs, e o cheiro da árvore veio até eles assim que passaram. E agora grandes manchas de luz brilhavam na névoa. O pastor parou de assoviar; esfregou o nariz vermelho e a barba molhada na sua manga e, girando os olhos, mirou na direção do mar. O sol se levantava. Como era maravilhosa a névoa se dissipando rápido, apressando-se, dissolvida na planície rasa, descortinada na floresta, partindo como se ansiasse por fugir; grandes ondas e vagas se enroscavam, empurravam e enrodilhavam-se umas às outras enquanto os raios prateados se estendiam. O longínquo céu – um azul puro e brilhante –refletia-se nas poças, e as gotas, nadando através dos postes de telégrafo, se exibiam como pontos de luz. Agora o inquieto mar estava tão brilhante que causava dor aos olhos que o contemplassem. O pastor retirou do bolso do casaco um cachimbo, tão pequeno quanto uma avelã, procurou com as mãos por um punhado de tabaco, separou algumas folhas e encheu o fornilho. Era um homem sério, com aspecto agradável. Assim que acendeu o cachimbo e a fumaça azulada envolveu sua cabeça, o cachorro, observando-o, encheu-se de orgulho.

"Béée! Béée!" As ovelhas se espalharam. Acabavam de passar pela cidadezinha de veraneio quando o primeiro dorminhoco se virou e levantou a cabeça sonolenta. O balido ecoou no sonho das criancinhas, que levantaram suas mãos para agarrá-las, para acariciar os cordeirinhos de lã fofinha do sono. Então o primeiro habitante apareceu; a gata dos Burnell, Florrie, sentada na coluna do portão, muito cedo como sempre, procurando pela leiteira. Quando ela viu o velho cão pastor, ergueu-se rapidamente, arqueou as costas, encolheu a cabeça listrada e pareceu estremecer de forma manhosa. "Ah! Que criatura vulgar e revoltante!", disse Florrie. Mas o velho cão pastor passou por ela balançando o rabo e jogando as pernas para os lados enquanto andava, sem notar sua presença. Apenas sacudiu uma das suas orelhas para mostrar que a viu e que a considerava uma fêmea jovem e boba.

A brisa da manhã ergueu-se na floresta, e o odor das folhas e da terra negra e úmida se misturou ao cheiro pungente do mar. Inumeráveis pássaros cantavam. Um pintassilgo sobrevoou a cabeça do pastor e, pousando no alto de um galho, virou-se para o sol e eriçou as penas do minúsculo peito. E agora eles já passavam do casebre do pescador, da *whare*[3] com aparência de queimado, onde Leila, a leiteira, vivia com sua velha avozinha.

3 Nome das cabanas típicas do povo Maori, que habita a Nova Zelândia, a Austrália e outras ilhas da Polinésia. (N. do T.)

As ovelhas se desviaram para um pântano amarelado e Wag, o cão pastor, trotou logo atrás, cercou-as e guiou cada uma para a passagem rochosa, íngreme e estreita que saía da *Crescent Bay* em direção à enseada *Daylight*. "Bééé! Bééé!" Os balidos vinham cada vez mais fracos enquanto elas se balançavam pela estrada já seca. O pastor guardou seu cachimbo, jogando-o no bolso do peito com o fornilho para fora. E imediatamente voltou a assobiar a melodia suave. Wag correu atrás do cheiro que emanava de uma saliência nas rochas e recuou enojado. Então, aos empurrões, corridas e trombadas, as ovelhas contornaram a enseada e o pastor seguiu-as, desaparecendo da vista.

II

Momentos depois, a porta dos fundos de um dos casebres se abriu, e uma figura em maiô de banho com listras grossas lançou-se pelas pastagens, atravessou a cerca, disparou pela grama até o vale, cambaleou pelo morro de areia e correu como um louco sobre as enormes rochas porosas, sobre os pedregulhos úmidos e frios, chegando à areia que brilhava como óleo. Splash! Splosh! Splash! Splosh! A água borbulhou ao redor de suas pernas enquanto Stanley Burnell mergulhava, exultante. O primeiro a chegar, como sempre! Ele ganhou de todos mais uma vez. E afundou para molhar a cabeça e o pescoço.

"Salve, irmão! Salve, ó todo-poderoso!" Uma voz aveludada e grave surgiu por sobre a água.

Por Deus! Que o diabo o leve! Stanley se levantou e viu uma cabeça escura balançando para cima e para baixo e um braço levantado. Era Jonathan Trout – bem à sua frente!

"Que manhã gloriosa!", cantava a voz.

"Sim, muito boa!", disse Stanley brevemente. Por que diabos o camarada não ficava na sua parte do mar? Por que ele tinha de vir logo para esse exato lugar? Stanley lançou as pernas, mergulhou e nadou para longe. Mas Jonathan nadava tão bem quanto ele. E lá estava ele de novo, seus cabelos negros grudados na testa, sua barba curta brilhando.

"Tive um sonho extraordinário ontem à noite!", gritou ele.

Qual era o problema com ele? Essa mania de conversar irritava exageradamente Stanley. E era sempre o mesmo – sempre alguma bobagem sobre um sonho que ele tivera ou alguma ideia excêntrica ou algum absurdo que estava lendo. Stanley virou as costas para a água e começou a balançar as pernas até se tornar uma tromba d'água. Mas ainda assim... "Sonhei que estava dependurado em um despenhadeiro incrivelmente alto, gritando para alguém lá embaixo." "Bem que podia ser verdade!", pensou Stanley. Ele não conseguia mais aguentar. Parou de balançar as pernas. "Preste atenção, Trout", disse ele. "Estou com bastante pressa hoje."

"Você o QUÊ?" Jonathan estava tão surpreso – ou fingia estar – que mergulhou e reapareceu novamente, cuspindo água.

"O que eu quero dizer", disse Stanley, "é que não tenho tempo para brincadeiras. Tenho que terminar aqui. Estou com pressa. Tenho que trabalhar essa manhã – entende?"

Jonathan sumiu antes de Stanley terminar. "Adeus, amigo!", disse a voz grave gentilmente e ele deslizou pela água sem a mais leve ondulação... Mas, maldito rapaz! Ele arruinara o banho de Stanley. Que idiota inútil ele era! Stanley voltou para o fundo novamente e, tão rápido quanto entrou na água, voltou para a praia. Sentia-se enganado.

Jonathan ficou mais um tempo na água. Flutuava, movendo suas mãos gentilmente como nadadeiras e deixando o mar balançar seu corpo esbelto. Era curioso que, apesar de tudo, ele gostava de Stanley Burnell. Claro que, às vezes, ele tinha uma vontade demoníaca de provocá-lo, de caçoar dele, mas no fundo ele tinha dó do homem. Havia algo de patético na sua determinação de tornar tudo um trabalho. Não dava para evitar pensar que ele perceberia o erro um dia e, então, que todo-poderoso idiota ele se tornaria. Nesse momento uma onda imensa levantou Jonathan, passou por ele e quebrou na praia com um ruído de júbilo. Que beleza! E agora vinha outra. Era assim que se vivia – sem preocupações, de forma descuidada, passando o tempo. Ele se pôs de pé e começou a andar em direção à margem, afundando os dedos na areia firme e cheia de sulcos. Levar as coisas de maneira descontraída, sem lutar contra os altos e baixos, mas cedendo sempre – era assim que se vivia. Essa tensão era o que o incomodava. Viver – viver! E essa manhã perfeita, tão fresca e clara, desfrutando da luz como se risse da própria beleza, parecia sussurrar "por que não?"

Já estava fora da água. Jonathan ficou azul com o frio. Sentia dores como se alguém estivesse torcendo seu sangue para fora do corpo. E, pisando forte na areia, tremendo, com todos os músculos tensos, ele também sentiu que seu banho tinha sido estragado. Ficara tempo demais.

III

Beryl estava sozinha na sala quando Stanley apareceu, vestindo um terno de sarja azul, o colarinho apertado e uma gravata de bolinhas. Parecia excepcionalmente limpo e penteado; iria passar o dia na cidade. Jogando-se na cadeira, tirou o relógio e colocou-o ao lado do seu prato.

"Tenho apenas vinte e cinco minutos", disse. "Você deveria ver se o mingau está pronto, Beryl."

"A mãe acabou de ir lá", disse Beryl. Sentou-se à mesa e serviu-lhe o chá.

"Obrigado!" Stanley tomou um gole. "Ei!", disse com uma voz de surpresa, "você esqueceu o açúcar."

"Ah, perdão!" Ainda assim Beryl não o ajudou; empurrou o açucareiro para ele. O que isso queria dizer? Enquanto Stanley se servia, arregalou os olhos azuis; pareciam tremer. Deu uma olhadela na cunhada e se inclinou para trás.

"Algo errado?", perguntou delicadamente, passando os dedos pelo colarinho.

A cabeça de Beryl estava abaixada; ela virou seu prato com os dedos.

"Nada", disse com sua voz suave. Então ela também olhou para ele e sorriu. "Por que haveria algo errado?"

"Ah! Por nada, até onde eu saiba. Pensei que você parecia um pouco..."

Nesse momento a porta se abriu e três garotinhas apareceram, cada uma carregando uma tigela de mingau. Vestiam suéteres azuis e calcinhas idênticas; suas pernas marrons estavam despidas, e cada uma delas tinha tranças nos cabelos, presas em um rabo de cavalo. Atrás delas, vinha a sra. Fairfield com uma bandeja.

"Com cuidado, crianças", avisou. Mas elas já estavam tomando todo o cuidado possível. Elas adoravam quando alguém lhes permitia carregar coisas. "Já disseram bom dia para o seu pai?"

"Sim, vovó." Elas se acomodaram no banco em frente a Stanley e Beryl.

"Bom dia, Stanley!" A velha sra. Fairfield passou-lhe o prato dele.

"Bom dia, mãe! Como está o menino?"

"Excelente! Ele só acordou uma vez ontem à noite. Que manhã perfeita!" A velha mulher parou, sua mão sobre o filão de pão, para olhar pela janela que dava para o jardim. O mar ecoava. Através das janelas escancaradas, o sol brilhava nas paredes amarelas e no piso. Tudo na mesa reluzia e cintilava. No meio da mesa havia uma saladeira repleta de capuchinhas amarelas e vermelhas. Ela sorriu e um ar de profundo contentamento brilhou em seus olhos.

"Você pode me cortar uma fatia desse pão, mãe?", perguntou Stanley. "Tenho apenas doze minutos e meio antes que a carruagem passe. Alguém deu meus sapatos para a criada?"

"Sim, já estão prontos para você." A sra. Fairfield era extremamente tranquila.

"Ah, Kezia! Por que você é uma criança tão bagunceira?", gritou Beryl, desesperada.

"Eu, tia Beryl?" Kezia olhou fixamente para ela. O que ela tinha feito agora?

Ela só havia desenhado um caminho no meio do mingau, transformando-o em um rio, e agora estava comendo as margens. Mas ela fazia isso todas as manhãs e ninguém nunca havia dito uma palavra até agora.

"Por que você não pode comer de forma apropriada como a Isabel e a Lottie?" Como gente grande era injusta!

"Mas a Lottie sempre faz uma ilha, não é, Lottie?"

"Eu, não!" disse Isabel, sabiamente. "Eu só polvilho meu mingau com açúcar, coloco o leite e termino de comer. Só bebês brincam com a comida."

Stanley afastou a cadeira e levantou-se.

"Você pode ir pegar meus sapatos, mãe? E, Beryl, se você já acabou, gostaria que fosse até o portão e parasse a carruagem. Corra até sua mãe, Isabel, e pergunte para ela onde o meu chapéu-coco está. Um minuto. Crianças, vocês ficaram brincando com a minha bengala?"

"Não, pai!"

"Mas eu a coloquei aqui." Stanley começou a berrar. "Eu lembro muito bem de tê-la colocado nesse canto. Sério, quem a pegou? Não há tempo a perder. Procurem com atenção! Vocês têm que encontrar a bengala."

Até mesmo Alice, a criada, foi incluída na busca. "Você não a usou para atiçar o fogo da cozinha, por acaso?"

Stanley surgiu no quarto onde Linda estava deitada. "É extraordinário. Não consigo manter nada meu. Sumiram com a minha bengala, agora!"

"Bengala, querido? Que bengala?" A calma de Linda nessas ocasiões não podia ser real, Stanley concluiu. Por que ninguém se compadecia dele?

"A carruagem! A carruagem, Stanley!" Beryl gritava do portão. Stanley acenou para Linda. "Não há tempo para se despedir!", gritou ele. Falou como se tivesse a intenção de puni-la dessa forma.

Agarrou seu chapéu-coco, avançou para fora da casa e ziguezagueou pelo caminho do jardim. Sim, a carruagem estava esperando, e Beryl, apoiada no portão aberto, ria de algo ou alguém como se nada acontecera. A insensibilidade das mulheres! A forma como elas supunham ser obrigação dele se matar de trabalhar por elas, a ponto de nem se certificar de que sua bengala não se perdesse. Kelly açoitou os cavalos.

"Adeus, Stanley", disse Beryl, delicada e alegremente. Era tão fácil dizer adeus! E lá ficou ela, ociosa, com a mão sobre os olhos por causa do sol. O pior era que Stanley fora obrigado a dizer adeus também, para manter as aparências. Então a viu virar-se, dar um pulinho e correr de volta para casa. Ela estava feliz de livrar-se dele!

Sim, muito feliz. Correu até a sala e gritou: "Ele foi embora!" Do seu quarto, Linda gritou: "Beryl! Stanley já foi embora?"

A velha sra. Fairfield apareceu, carregando o menino com seu casaquinho de flanela.

"Já foi?"

"Foi!"

Ah, que alívio, a diferença que fazia ter o homem fora da casa. Mesmo suas vozes mudavam quando chamavam uma à outra; elas soavam afetuosas e atenciosas como se dividissem um segredo. Beryl veio até a mesa. "Tome outra xícara de chá, mãe. Ainda está quente." Ela queria, de alguma forma, celebrar o fato de que elas poderiam fazer o que quisessem agora. Não havia um homem para perturbá-las; o dia inteiro perfeito era delas.

"Não, obrigada, filha", disse a velha sra. Fairfield, e a forma como ela jogou o menino para cima e disse-lhe "a-gu-a-gu-a--ga!" mostrava que ela se sentia igualzinha a ele.

As meninas correram para o campo como galinhas fora do galinheiro. Até mesmo Alice, a criada, lavando a louça na cozinha, contagiou-se e usava a preciosa pia cheia d'água de uma forma perfeitamente displicente.

"Ah, esses homens!", disse ela e mergulhou a chaleira na pia, segurando-a dentro d'água mesmo depois de ela ter parado de fazer bolhas, como se a chaleira também fosse um homem, e afogá-la era o que merecia.

IV

"Espere por mim, Isa-bel! Kezia, espere por mim!"

Lá estava a pobrezinha da Lottie, deixada para trás novamente, já que ela achava tão assustadoramente difícil pular por cima da cerca! Quando ela ficava em pé no primeiro degrau, seus pés começavam a tremer; ela agarrava-se às estacas. Então, tinha de passar a perna para o outro lado. Mas qual perna? Ela nunca conseguia decidir. E, quando ela finalmente passava uma das pernas meio desesperada, então, a sensação era terrível. Metade dela estava nas pastagens e metade nas moitas de relva. Ela agarrou a estaca desesperadamente e aumentou a voz. "Esperem por mim!"

"Não, não espere por ela, Kezia!", disse Isabel. "Ela é muito bobinha. Está sempre fazendo estardalhaço. Vamos!" E puxou o suéter de Kezia. "Você pode usar meu balde se vier comigo", disse gentilmente. "É maior que o seu." Mas Kezia não podia deixar Lottie sozinha. E correu de volta para ela. Lottie já estava com o rosto muito vermelho e ofegante.

"Aqui, passe a outra perna", disse Kezia.

"Onde?"

Lottie olhou para Kezia como se estivesse no alto de uma montanha.

"Aqui onde está a minha mão." Kezia bateu no lugar com a mão.

"Ah, você quer dizer aí!" Lottie soltou um longo suspiro e passou o segundo pé.

"Agora vire, sente-se e escorregue", disse Kezia.

"Mas não há nenhum lugar para sentar, Kezia", disse Lottie.

Ela finalmente conseguiu e, assim que acabou, balançou-se toda e começou a sorrir.

"Estou bem melhor em passar pela cerca, não é, Kezia?" Lottie era otimista por natureza.

Os chapeuzinhos rosa e azul seguiram o chapeuzinho vermelho vivo de Isabel na subida do morro. No topo, pararam para decidir para onde ir e dar uma olhadela em quem já estava lá. Vistas de costas, de pé contra o horizonte, gesticulando fortemente com suas pazinhas, elas pareciam pequenas exploradoras hesitantes.

Toda a família de Samuel Josephs já estava lá, com a criada sentada em uma banqueta dobrável, mantendo a ordem com um apito pendurado no pescoço e coordenando as atividades com uma pequena bengala. Eles nunca brincavam sozinhos ou organizavam as próprias brincadeiras. Quando isso acontecia, os meninos acabavam jogando água no pescoço das meninas ou elas tentavam colocar pequenos siris pretos no bolso dos meninos. Então a sra. Samuel Josephs e a coitada da criada inventavam, todas as manhãs, o que chamaram de "programa" para mantê-los ocupados e longe de problemas. Eram competições ou corridas ou jogos de roda. Tudo começava e terminava com o estampido ensurdecedor do apito da criada. Havia até mesmo prêmios – grandes pacotes de papel sujo que a criada tirava de um imenso kit de costura. Os Samuel Josephs lutavam destemidamente pelos prêmios, trapaceavam e beliscavam os braços uns dos outros – eles eram especialistas em beliscões. Na única vez em que as crianças da família Burnell brincaram com eles, Kezia ganhou um prêmio e, ao desembrulhar três camadas de papel, encontrou uma abotoadeira minúscula enferrujada. Ela não conseguia entender por que eles faziam tanto estardalhaço...

31

Mas elas não brincavam mais com os Samuel Josephs nem sequer iam para as suas festas. Eles sempre organizavam festas infantis na Baía e sempre ofereciam a mesma comida. Uma grande bacia com salada de frutas marrons, pães cortados em quatro e uma jarra com algo que a criada chamava de "limo-amada". E você voltava para casa à noite com metade do babado da sua roupa rasgado ou alguma coisa derramada por toda a frente do seu avental, deixando os Samuel Josephs saltitantes como selvagens no gramado deles. Não! Eles eram horríveis.

Do outro lado da praia, perto da água, dois menininhos, com as calças enroladas, cintilavam como aranhas. Um cavava, o outro andava para dentro e para fora da água, enchendo um baldinho. Eram os irmãos Trout, Pip e Rags. Pip estava tão ocupado cavando e Rags tão ocupado ajudando que eles não viram suas priminhas até elas chegarem muito perto.

"Veja!", disse Pip. "Veja o que eu descobri." E mostrou-lhes uma bota velha e amassada toda molhada. As três meninas olharam.

"O que você vai fazer com isso?", perguntou Kezia.

"Guardar, claro!" Pip desdenhou dela. "É um achado, entende?"

Sim, Kezia entendia. Mesmo assim…

"Há muitas coisas enterradas na areia", explicou Pip. "Elas são arrancadas dos destroços. Um tesouro. Bem... você pode achar..."

"Mas por que o Rags tem que ficar despejando água?", perguntou Lottie.

"Ah, é para molhar", disse Pip, "para facilitar o trabalho. Continue, Rags."

E o fiel Rags corria para cima e para baixo, despejando a água na bota, que acabava marrom como chocolate.

"Aqui, posso mostrar o que achei ontem?", perguntou Pip misteriosamente e enfiou sua espada na areia. "Prometam não falar nada."

Elas prometeram.

"Digam 'prometo pela alma da minha mãe'."

As meninas disseram.

Pip tirou algo do bolso, esfregou na frente do suéter por um bom tempo, então soprou e esfregou de novo.

"Agora virem-se!", ordenou ele.

Elas se viraram.

"Todas olhem para lá. Fiquem quietas! Agora!"

E abriu a mão; ele segurava algo que brilhava contra a luz, algo que piscava, de um verde adorável.

"É uma *nemeralda*[4]", disse Pip solenemente.

"É mesmo, Pip?" Até mesmo Isabel estava impressionada.

A coisa verde adorável parecia dançar nos dedos de Pip. Tia Beryl tinha uma *nemeralda* em um anel, mas era bem pequena. Essa era tão grande quanto uma estrela e muito mais bonita.

---

4 No original, *nemerald*, corruptela infantil de *emerald*, "esmeralda" em inglês. Optou-se por uma grafia infantilizada também em português. (N. do T.)

V

Enquanto a manhã se alongava, grupos inteiros de pessoas apareciam sobre as colinas de areia e vinham à praia para um banho de mar. Era senso comum que, às onze horas, mulheres e crianças tivessem o mar só para si. Primeiramente as mulheres se trocavam: punham seus trajes de banho e cobriam a cabeça com toucas horríveis parecidas com sacos impermeáveis; então, as crianças eram despidas. A praia ficava repleta de pequenos montes de roupa e sapatos. Os grandes chapéus de praia, com pedras sobre eles para evitar que voassem com o vento, pareciam conchas imensas. Era estranho perceber que até mesmo o mar parecia soar diferente com todas essas figuras sorridentes e saltitantes correndo para as ondas. A velha sra. Fairfield, em um vestido lilás de algodão e chapéu preto amarrado sob o queixo, reuniu sua ninhada e aprontou-os. Os meninos Trout arrancaram suas camisetas e saíram a toda, enquanto sua avó se sentava com uma mão sobre a bolsa de tricô, pronta para pegar o novelo de lã assim que percebesse que eles estavam seguros.

As meninas, pequenas, mas determinadas, não tinham metade da coragem dos meninos, apesar da aparência delicada e afetuosa deles. Pips e Rags, tremendo, agachavam-se, se debatiam na água e nunca hesitavam. Mas Isabel, que conseguia dar doze braçadas sem parar, e Kezia, que quase chegava às oito braçadas, só os seguiam porque eles não jogavam água nelas, um acordo entre todos. Lottie, no entanto, não seguia ninguém. Ela gostava que a deixassem fazer o que quisesse, *por favor*. E o que ela queria era sentar-se na beirada da água com as pernas esticadas e os joelhos unidos e mexer os braços devagarinho, como se estivesse esperando para ser levada pelo mar. Mas quando uma onda maior que o normal, uma velha onda cheia de espuma, veio desajeitada na sua direção, ela saiu correndo para a areia com uma cara aterrorizada.

"Aqui, mãe, guarde isso para mim, por favor." E jogou dois anéis e uma fina corrente de ouro no colo da sra. Fairfield.

"Sim, minha querida. Mas você não vai se banhar aqui?"

"Nã-não", gaguejou Beryl, de forma evasiva. "Vou me trocar um pouco mais longe. Vou me banhar com a sra. Harry Kember."

"Muito bem." Mas a sra. Fairfield contraiu os lábios. Ela não aprovava a sra. Harry Kember. Beryl sabia disso.

Coitada da velha mãe, sorriu ela, enquanto olhava para as pedras. Coitada da velha mãe! Velha! Ah, que alegria, que êxtase ainda ser jovem...

"Você parece muito contente", disse a sra. Harry Kember. Ela sentou-se encolhida nas pedras, com os braços em volta dos joelhos, fumando.

"Está um dia magnífico", disse Beryl, sorrindo para ela.

"Ah, minha querida!" A voz da sra. Harry Kember soava superior. Mas sua voz sempre soava assim, como se ela conhecesse você melhor que você mesma. Era uma mulher longilínea, de aparência estranha, com mãos e pés finos; até mesmo sua franja loira encaracolada parecia queimada e seca. Era a única mulher na Baía que fumava, e ela fumava incessantemente, mantendo o cigarro entre os lábios enquanto falava, tirando o cigarro da boca apenas quando a cinza estava tão longa que era impossível entender por que não caíra. Quando não estava jogando bridge – ela jogava bridge todos os dias da sua vida –, ela passava o tempo deitada sob o sol escaldante. Ela suportava qualquer quantidade de sol; nunca estava satisfeita. Mesmo assim, parecia não se aquecer. Ressecada, murcha, fria, ela se estendia sobre as pedras como um pedaço de madeira atirado ao chão. As mulheres da Baía achavam-na rápida, muito rápida. Sua falta de vaidade, as gírias, a forma pela qual ela tratava os homens como se fosse um deles, o fato de que ela não dava a mínima para a própria casa e como chamava sua criada, Gladys – "*Glad Eyes*[5]" –, era desprezível. Sentada nos degraus do alpendre, a sra. Kember chamava a criada com sua voz indiferente, cansada: "*Glad Eyes*, por favor, você poderia me jogar um lencinho, se é que eu tenho um?" E *Glad Eyes*, com um laço vermelho no cabelo em vez da touca, e sapatos brancos, chegava correndo com um sorriso insolente. Era um escândalo absurdo! Era verdade, ela não tinha filhos, e o marido... Nessa parte as vozes sempre se alteravam, tornavam-se fervorosas. Como ele pôde se casar com ela? Como, como? Deve ter sido por dinheiro, claro, mas mesmo assim!

O marido da sra. Kember era pelo menos dez anos mais jovem que ela e era tão inacreditavelmente bonito, que parecia mais uma máscara ou uma ilustração perfeita de um romance americano que um homem. Cabelos negros, olhos azuis-escuros, lábios vermelhos, um sorrisinho preguiçoso, ótimo

5 "Olhos felizes", em inglês. Tanto a expressão quanto o nome Gladys têm fonética semelhante. (N. do T.)

jogador de tênis, dançarino perfeito e, além disso, um mistério. Harry Kember parecia um sonâmbulo. Os homens não o suportavam, não conseguiam arrancar uma palavra do sujeito; ele ignorava sua mulher assim como ela o ignorava. Como ele vivia? Obviamente havia histórias, mas que tipo de histórias! Não era possível sequer mencioná-las. As mulheres com quem fora visto, os lugares onde fora visto... mas nada era certo, nada definitivo. Algumas das mulheres da Baía imaginavam secretamente que ele cometeria um crime qualquer dia desses. Sim, mesmo ao falar com a sra. Kember, tentando entender a horrível combinação que ela vestia, elas a viam, deitada exatamente como fazia na praia; mas fria, ensanguentada, com o cigarro preso ao canto da boca.

A sra. Kember levantou-se, bocejou, desapertou o fecho do cinto e puxou o fecho da blusa. E Beryl tirou a saia e o suéter, ficando somente com a anágua e a camisa com laços nos ombros.

"Tenha piedade de nós", disse a sra. Harry Kember, "que beldade você é!"

"Não diga isso!", disse Beryl delicadamente; e, tirou uma meia e depois a outra, até que se sentiu bela.

"Minha querida, por que não?", disse a sra. Harry Kember, pisando na própria anágua. Realmente – que roupas de baixo! Calçolas rosas e um conjuntinho de linho que parecia uma fronha... "Você não veste espartilho, não é?" Ela tocou a cintura de Beryl, que deu um pulinho e um grito de susto.

"Nunca!", disse então, com firmeza.

"Criaturinha sortuda", suspirou a sra. Kember, afrouxando o seu espartilho.

37

Beryl virou-se de costas e começou os complicados movimentos de alguém que tenta colocar o maiô de banho e tirar as roupas ao mesmo tempo.

"Ah, minha querida, não se importe comigo", disse a sra. Harry Kember. "Por que a timidez? Não vou comer você. E não ficaria chocada como essas outras tolas." E soltou sua risada relinchante característica, enquanto fazia uma careta para as outras mulheres.

Mas Beryl era tímida. Ela nunca se despia na frente de outras pessoas. Estava sendo tola? A sra. Harry Kember a fez pensar que era uma tolice, algo para se envergonhar. Na verdade, por que a timidez? Ela deu uma espiada na amiga, tão imponente com sua camisola rasgada acendendo um cigarro, e uma sensação ousada, malévola invadiu seu peito. Rindo descuidadamente, ela puxou o maiô molenga e cheio de areia, ainda úmido, e fechou seus botões.

"Bem melhor", disse a sra. Harry Kember. Elas começaram a descer para a praia juntas. "Realmente, é um pecado você ter que usar roupas, minha querida. Alguém tem que lhe dizer isso algum dia."

A água estava morna. Um tom azul transparente maravilhoso, com manchas prateadas e a areia no fundo parecendo ouro; quando você mexia os dedos dos pés, uma nuvem de poeira dourada se levantava. Agora as ondas alcançavam seu peito. Beryl ficou parada, os braços estendidos, olhando longe e, a cada onda que passava, dava pequenos pulos para ter a sensação de ser levantada gentilmente.

"Eu acredito que garotas bonitas devem se divertir", disse a sra. Harry Kember. "Por que não? Não cometa esse erro, minha querida. Desfrute da vida!" E, de repente, ela se tornou uma tartaruga, desapareceu e nadou para longe rápido, rápido, como um rato. Depois fez meia-volta e retornou nadando. Ia dizer algo mais. Beryl sentiu que estava sendo envenenada por essa mulher fria, mas ela desejava muito ouvi-la. E que estranho, ah, que estranho! Assim que a sra. Harry Kember se aproximou, ela pareceu-lhe, com sua touca de banho impermeável preta, com seu rosto sonolento sobre a água, com apenas o queixo submerso, como uma horrível caricatura do seu marido.

VI

Em uma espreguiçadeira, sob a *manuka*[6] que crescia no meio do gramado da frente, Linda Burnell sonhou acordada a manhã toda. Não fez absolutamente nada. Olhou para as folhas fechadas, escuras e secas da *manuka*, para os espaços azulados entre elas e, vez ou outra, uma florzinha amarelada caía sobre ela. Bonita! Sim, se você segurasse uma dessas flores na palma da sua mão e olhasse com cuidado, era algo extraordinário. Cada pétala amarela-clara brilhava como se fosse o trabalho minucioso de uma mão afetuosa. A lingueta pequenina no centro dava-lhe a forma de um sino. E, do outro lado, uma cor bronze profunda.

6 Espécie de árvore nativa da Nova Zelândia e do sudeste da Austrália. (N. do T.)

Mas, assim que floresciam, caíam e se espalhavam. Era preciso removê-las da roupa enquanto se conversava; as coisinhas horríveis ficavam presas no cabelo. Por que, então, florescer? Quem se dá ao trabalho – ou ao prazer – de fazer essas coisas que são desperdiçadas? Era incompreensível.

Ao lado dela, entre dois travesseiros na grama, estava o menino. Dormindo a sono solto com a cabeça virada para o outro lado. Seus cabelos escuros e finos pareciam mais uma sombra que cabelo de verdade, e sua orelha tinha um tom coral, brilhante. Linda colocou as mãos sobre a cabeça e cruzou os pés. Era muito agradável saber que todas essas cabanas estavam vazias, que todo mundo estava lá embaixo na praia, longe da vista, longe demais para se ouvir. Ela tinha o jardim só para ela; estava sozinha.

Os cravos brilhavam de tão brancos; as calêndulas amarelas cintilavam; as capuchinhas rodeavam as colunas do alpendre com verde e ocre. Se alguém tivesse tempo suficiente para olhar para essas flores, tempo para ir além da sensação de novidade e estranhamento, tempo para conhecê-las! Mas, assim que alguém parava para separar as pétalas e descobrir a parte de baixo das folhas, lá vinha a Vida e as varria para longe. Estendendo-se na sua cadeira de vime, Linda sentiu-se tão leve; sentiu-se como uma folha. Lá vinha a Vida como o vento, e ela era agarrada e sacudida; ela tinha de ir. Ó Deus, por que tinha de ser assim? Não havia escapatória?

...Agora estava sentada na varanda da sua casa da Tasmânia, apoiada no joelho do pai. E ele prometeu: "Assim que você e eu formos velhos o bastante, Linny, vamos cair no mundo, vamos fugir. Dois garotos juntos. Tenho vontade de navegar por algum rio da China". Linda imaginava esse rio muito amplo, coberto de barcaças e botes. Ela via os chapéus amarelos dos barqueiros e ouvia suas vozes finas e altas que chamavam...

"Sim, papai."

E então um jovem rapaz musculoso com cabelos ruivos brilhantes passou vagarosamente pela casa deles e, lentamente, solenemente, cumprimentou-os. O pai de Linda puxou a orelha dela, provocando-a do jeito tão típico dele.

"O namorado da Linny", sussurrou ele.

"Ah, papai, casar com Stanley Burnell – nem pensar!"

Bem, ela acabou casando-se com ele. E, além disso, ela o amava. Não o Stanley que todos viam, não o Stanley do dia a dia; mas um Stanley inocente, tímido, sensível, que se ajoelhava todas as noites para orar e que ansiava por ser bom. Stanley era simples. Se ele acreditava nas pessoas – assim como acreditava nela, por exemplo –, era com todo o coração. Ele não conseguia ser desleal; ele não era capaz de contar uma mentira. E como ele sofria terrivelmente quando pensava que alguém – ela – não estava sendo absolutamente honesto, absolutamente sincero com ele! "Isso é incompreensível para mim!" Ele retrucava, mas parecia agitado, trêmulo e inseguro como um animal capturado.

E nesses momentos Linda quase sentia vontade de rir, apesar de saber muito bem que não havia motivo para risos – o problema era que ela via Stanley tão raramente. Havia momentos, instantes, sopros de calma, mas na maior parte do tempo era como se ela vivesse em uma casa que não podia evitar de se incendiar, em um barco que naufragava todos os dias.

E era sempre Stanley quem estava no meio do perigo. Todo o tempo dela era gasto resgatando, recuperando e acalmando Stanley, ouvindo sua história. E o que sobrava dos seus dias era gasto no pânico de ter filhos.

Linda franziu a testa; sentou-se rapidamente na espreguiçadeira e agarrou os tornozelos. Sim, esse era seu verdadeiro ressentimento contra a vida; era isso que ela não conseguia compreender. Era essa a questão que ela se perguntava e perguntava, tentando ouvir uma resposta em vão. Era fácil dizer que gerar filhos era o destino das mulheres. Mas não era verdade. Ela, por exemplo, podia provar o contrário. Ao parir, ela ficava abalada, enfraquecida, desencorajada. E o que era ainda mais difícil de conceber era que ela não amava seus filhos. Era inútil fingir. Mesmo que ela tivesse forças suficientes, ela nunca conseguiria cuidar ou brincar com suas meninas. Não, era como se um sopro frio a tivesse congelado completamente em cada um desses dias terríveis; não havia sobrado afeto para elas. Quanto ao menino – bem, graças a Deus, a mãe o tinha levado; ele era da avó ou de Beryl ou de qualquer um que o quisesse. Ela raramente o segurava nos braços. Era-lhe tão indiferente que enquanto ele estava deitado ali... Linda olhou para baixo.

O menino tinha se virado. Ele deitara de frente para ela e não dormia mais. Seus olhos azuis-escuros de bebê estavam abertos; parecia estar espionando sua mãe. E subitamente suas covinhas apareceram; seu rosto se transformou em um sorriso amplo e desdentado, um sorriso simplesmente perfeito.

“Estou aqui!”, seu sorriso feliz parecia dizer. “Por que você não gosta de mim?”

Havia algo tão curioso, tão inesperado naquele sorriso que Linda também sorriu. Mas se conteve e disse friamente para o menino: "Não gosto de bebês".

"Não gosta de bebês?" O menino não podia acreditar nela. "Não gosta de mim?" Tolamente, balançou os braços para a mãe.

Linda derrubou a cadeira na grama.

"Por que você continua sorrindo?", disse seriamente. "Se você soubesse o que estou pensando, não sorriria."

Mas ele apenas apertou os olhos, dissimuladamente, e rolou a cabeça no travesseiro. Ele não acreditou em nenhuma palavra que ela disse.

"Nós sabemos muito bem tudo isso!", sorriu o menino.

Linda estava tão admirada com a segurança dessa criaturinha... Ah, não, seja sincera. Isso não era o que ela estava sentindo; era algo muito diferente, algo tão novo, tão... As lágrimas dançaram em seus olhos; ela soprou um minúsculo sussurro para o menino: "Olá, meu engraçadinho!"

Mas o menino já tinha se esquecido da mãe. Estava sério de novo. Uma coisa rosa, macia balançou à sua frente. Tentou agarrá-la, mas ela desapareceu imediatamente. Quando se reclinou, outra coisa, como a primeira, apareceu. Dessa vez, ele estava determinado a pegá-la. Fez um tremendo esforço e rolou para o outro lado.

VII

A maré estava baixa; a praia estava deserta; vagarosamente

o mar caía. O sol estava a pino, batendo quente e incandescente sobre a areia fina, escaldando pedregulhos cinzas, e azuis, e pretos e rajados de branco. Ele sugou a gotinha d'água que se deitava no vão das conchas curvas; descoloriu a bela-manhã[7] rosa que se enroscava através dos montes de areia. Nada parecia se mover, exceto as pulgas-do-mar[8]. Pit-pit-pit! Elas nunca paravam.

Ao longe, nas pedras cobertas de limo, que, na maré baixa, pareciam animais desgrenhados que vieram até a água saciar a sede, a luz do sol parecia girar como moedas prateadas jogadas em cada uma das poças formadas. Elas dançavam, tremulavam, e minúsculas ondulações banhavam as margens porosas. Olhando para baixo, agachando-se, cada poça era como um lago com casas rosas e azuis amontoadas nas margens; e ah!, o vasto país montanhoso atrás dessas casas – as ravinas, as passagens, os riachos perigosos e as pavorosas trilhas que levavam à extremidade da água. Sob tudo isso, acenava a floresta marinha – árvores pontiagudas rosadas, anêmonas aveludadas e algas laranjas salpicadas de vermelho. Uma pedra do fundo se moveu, balançou, e uma antena preta apareceu de relance; uma criatura cheia de tentáculos vacilou e sumiu. As árvores rosadas mudaram de cor: agora tinham um tom azul frio de luar. E um "plop" fraco soou. Quem fez esse barulho? O que acontecia lá embaixo? Como as algas cheiravam forte, úmidas sob o sol quente.

As persianas das cabanas do balneário estavam fechadas.

7 *Convolvulus arvensis*, flor típica dos continentes europeu e asiático. (N. do T.)

8 Pulga-do-mar é o nome comum dado a diferentes pequenos crustáceos encontrados em praias arenosas dos oceanos temperados e subtropicais. (N. do T.)

Penduradas nos alpendres, jogadas nas pastagens, encostadas nas cercas, roupas de banho parecendo exaustas e toalhas listradas descansavam. Cada peitoril das janelas dos fundos aparentava conter um par de chinelos, pedaços de pedras ou um balde ou uma coleção de abalones. A mata tremeu com uma onda de calor; a estrada arenosa estava vazia, a não ser pelo cão dos Trouts, Snooker, deitado bem no meio dela. Seu olho azul estava virado, suas pernas estendidas rigidamente, e ele soltava um suspiro desesperado ocasional, como se dissesse que havia decidido dar cabo da vida e estava apenas esperando alguma gentil carroça para levá-lo.

"O que você está olhando, minha avozinha? Por que você fica parando e olhando fixamente para a parede?"

Kezia e sua avó estavam fazendo a *siesta* juntas. A garotinha, vestindo apenas calcinha e um corpete, com as pernas e braços desnudos, deitou-se em um dos travesseiros volumosos da cama da avó, e a velha senhora, em um vestido branco com pregas, sentara-se à janela numa cadeira de balanço, com um longo pedaço de tricô cor-de-rosa no colo. O quarto que elas dividiam, assim como os outros quartos do bangalô, era feito de madeira envernizada, sem tapetes no chão. A mobília já estava desgastada e era muito simples. A cômoda, por exemplo, era um baú de viagem coberto com uma anágua de musselina texturizada, e o espelho que pendia logo acima era muito estranho, como se um trovão estivesse aprisionado dentro dele. Na mesa havia um jarro com estancadeiras rosas, tão apertadas umas contra as outras que pareciam uma almofada de alfinetes aveludada, e uma concha especial que Kezia tinha dado à avó para servir como bandeja de miudezas, além de outra ainda mais especial que ela achava ser perfeita para um relógio se enroscar.

"Conta para mim, vovó", disse Kezia.

A velha suspirou, enrolou a lã duas vezes ao redor do polegar e atravessou-a com a agulha. Estava iniciando os pontos.

"Estava pensando no seu tio William, querida", disse calmamente.

"Meu tio William australiano?", perguntou Kezia. Ela tinha outro tio com o mesmo nome.

"Sim, claro."

"Aquele que eu nunca vi?"

"Esse mesmo."

"Bom, o que aconteceu com ele?" Kezia sabia muito bem, mas queria que lhe contassem de novo.

"Ele foi para as minas, pegou uma insolação lá e morreu", disse a velha sra. Fairfield.

Kezia piscou e imaginou a situação novamente... um homenzinho caindo como um soldadinho de chumbo ao lado de um grande buraco negro.

"Você fica triste quando pensa nele, vovó?" Ela detestava quando sua avó ficava triste.

Foi a vez de a velha senhora imaginar. Isso a deixava triste? Olhar lá, lá atrás. Visualizar os anos que passaram, o que chamara a atenção de Kezia. Tomar conta deles como uma mulher costuma fazer, bem depois que já se foram. Isso a deixava triste? Não, a vida era assim.

"Não, Kezia."

"Mas por quê?", perguntou Kezia. Ela levantou um dos braços e começou a desenhar no ar. "Por que o tio William tinha que morrer? Ele não era velho."

A sra. Fairfield começou a contar os pontos de três em três. "Simplesmente aconteceu", disse ela com uma voz concentrada.

"Todo mundo tem que morrer?", perguntou Kezia.

"Todo mundo!"

"Eu?" Kezia soou terrivelmente incrédula.

"Um dia, minha querida."

"Mas, vovó." Kezia balançou a perna esquerda e sacudiu os dedos dos pés. Pareciam cheios de areia. "E se eu não morrer?"

A velha senhora suspirou de novo e puxou um longo barbante do novelo.

"Não há opção, Kezia", disse com tristeza. "Acontece com todos nós, cedo ou tarde."

Kezia calou-se, pensando no assunto. Ela não queria morrer. Morrer significava que ela teria de partir, deixar todos os lugares, para sempre, deixar... deixar sua avó. Ela se virou rapidamente.

"Vovó", disse ela com uma voz alarmada.

"O que, minha bonequinha?"

"Você não pode morrer." Kezia era muito decidida.

"Ah, Kezia" – sua avó olhou para o alto, sorriu e balançou a cabeça –, "não vamos falar sobre isso."

"Mas você não pode. Você nunca me deixaria. Você não poderia não estar aqui." Isso era horrível. "Prometa-me que você nunca vai morrer, vovó", implorou Kezia.

A velha senhora continuou a tricotar.

"Prometa! Diga nunca!"

Mesmo assim, sua avó continuou em silêncio.

Kezia rolou para fora da cama; ela não podia mais suportar e, ligeiramente, pulou nos joelhos da avó, agarrou a garganta da velha senhora e começou a beijá-la no queixo, atrás da orelha e ao redor do pescoço.

"Diga nunca... diga nunca... diga nunca..." Ela retomava o fôlego entre os beijos. E começou, delicadamente, a fazer cócegas na avó.

"Kezia!" A velha deixou de lado o tricô. Inclinou-se para trás na cadeira de balanço. Começou a fazer cócegas em Kezia. "Diga nunca, diga nunca, diga nunca", balbuciou Kezia, enquanto elas riam nos braços uma da outra. "Bom, já chega, meu esquilinho! Já chega, meu cavalinho selvagem!", disse a velha sra. Fairfield, arrumando sua touca. "Pegue o meu tricô."

Ambas tinham esquecido a que se referia "nunca".

VIII

O sol ainda brilhava com toda a força no jardim quando a porta dos fundos dos Burnells bateu com um estrondo, e uma figura muito alegre caminhou pela trilha até o portão. Era Alice, a criada, vestida para a sua tarde de folga. Usava um vestido branco de algodão com bolinhas vermelhas tão grandes e tão numerosas que dava arrepios, sapatos brancos e um chapéu cuja aba mantinha-se levantada com papoulas. Obviamente usava luvas, brancas, com manchas nas presilhas de ferro e, em uma das mãos, ela carregava uma sombrinha muito espalhafatosa, que chamava de seu *parachol*[9].

Beryl, sentada à janela, abanando os cabelos que acabara de lavar, pensou que nunca havia visto alguém assim. Se Alice tivesse enegrecido o rosto com um pedaço de cortiça antes de sair, o quadro estaria completo. Onde uma garota como aquela iria num lugar como este? O leque de Fiji em formato de coração abanava com desdém sua adorável cabeleira brilhante. Ela presumiu que Alice teria escolhido algum arruaceiro ordinário e que eles iriam para a mata juntos. Uma pena ela ter se arrumado de forma tão chamativa; eles teriam trabalho para se esconder com Alice nessas roupas.

Mas, não, Beryl estava sendo injusta. Alice iria tomar chá com a sra. Stubbs, que lhe havia enviado um convite pelo garotinho que fazia pequenos serviços. Ela tinha se afeiçoado à sra. Stubbs desde a primeira vez que fora à sua loja para comprar algo para os mosquitos.

"Deus do céu!" A sra. Stubbs deu um tapa no próprio corpo. "Nunca vi ninguém tão cheio de picadas. Parece que você foi atacada por *canibais*.

Alice gostaria que houvesse um pouco de vida na estrada. Sentia-se estranha sem ninguém ao redor dela. Sentia-se sem

9 No original, *perishall*. O correto em inglês é *parasol*. Com a grafia incorreta, a autora buscou marcar a diferença de classes entre a criada, a proprietária da loja e os outros personagens. As próximas palavras em itálico no conto foram assim grafadas pelo mesmo motivo. (N. do T.)

coragem. Ela duvidava que ninguém a estivesse espiando. Mesmo assim, virar-se era tolice; ela se revelaria. Puxou as luvas, cantarolou entredentes e disse para o eucalipto distante: "Agora não vai demorar muito". Mas ele não era realmente companhia.

A loja da sra. Stubbs ficava no alto de um pequeno monte, um pouco afastado da estrada. Tinhas duas grandes janelas como olhos, uma varanda larga como chapéu, e a placa no telhado, onde se rabiscara SRA. STUBBS'S, era como um cartão enfiado descontraidamente no alto do chapéu.

Na varanda, havia uma longa corda com maiôs de banho grudados uns nos outros como se tivessem sido resgatados do mar e esperassem sua vez de entrar e, ao lado deles, um amontoado de chinelos tão emaranhados que para desprender um par era necessário separar pelo menos cinquenta. E ainda assim era extremamente raro achar o esquerdo que pertencia ao direito. Tantas pessoas haviam perdido a paciência e ido embora com um chinelo do tamanho certo e outro grande demais... A sra. Stubbs se orgulhava de ter todo tipo de produto. As duas janelas, compostas como pirâmides precárias, estavam tão abarrotadas, empilhadas tão alto, que somente um feiticeiro poderia prevenir que desabassem. No canto esquerdo de uma janela, colado à vidraça por quatro balas de gelatina, havia – há tempos imemoriais – um aviso.

PERDIDO! BROCHE DE "ORO"
OURO MACIÇO
NA PRAIA OU PERTO DELA
OFERECE-SE RECOMPENSA

Alice empurrou a porta. O sino tocou, as cortinas de sarja vermelha se abriram, e a sra. Stubbs apareceu. Com o sorriso largo e a longa faca para toucinho na mão, ela parecia um bandoleiro amigável. Alice era recebida tão calorosamente que achava muito difícil manter suas "boas maneiras". Elas consistiam em delicadas e constantes tosses e pigarros, dar puxões nas luvas, ajustes na saia e uma curiosa dificuldade em ver o que estava à sua frente ou entender o que era dito.

O chá foi servido na mesa da recepção – presunto, sardinhas, um tablete inteiro de manteiga e um pão doce tão grande que parecia um anúncio de fermento. O fogareiro rugia tão alto que era inútil tentar falar com ele ligado. Alice sentou-se na beirada de uma cadeira de vime enquanto a sra. Stubbs atiçava o fogo ainda mais. De repente, ela retirou a almofada de uma cadeira e puxou um grande pacote de papel pardo de dentro.

"Acabei de revelar minhas *fotas*, minha querida", ela gritou alegremente para Alice. "Diga-me o que acha delas."

De uma forma muito refinada e delicada, Alice molhou seu dedo e afastou o tecido que cobria a primeira foto. Meu Deus! Quantas fotos! Havia três *dúzias* pelo menos. Ela segurou-as contra a luz.

A sra. Stubbs sentou-se em uma poltrona, completamente inclinada para o lado. Com um leve olhar de espanto no rosto cheio, tinha razão para se surpreender. Pois, apesar de a poltrona estar apoiada no carpete, à esquerda, beirando milagrosamente a sua borda, havia uma elegante cascata. À sua direita, um pilar grego rodeado por uma samambaia enorme e, ao fundo, uma montanha desolada, pálida de neve.

"É um bonito estilo, não é?", gritou a sra. Stubbs. E Alice acabara de berrar "adorável" quando o rugido do fogareiro cessou, sibilou, morreu, e ela disse "lindo" em um silêncio amedrontador.

"Traga sua cadeira mais para perto, minha querida", disse a sra. Stubbs, começando a servir o chá. "Sim", disse pensativa, enquanto lhe passava a xícara, "mas não gosto muito do tamanho. Vou pedir uma *ampliação*. Desse tamanho está bom para os cartões de Natal, mas eu nunca gostei de *fotos* pequenas. Não são práticas. Para ser sincera, acho-as decepcionantes."

Alice entendeu perfeitamente o que ela queria dizer.

"Tamanho", disse a sra. Stubbs. "Eu quero tamanho. Era o que o meu pobre querido marido sempre dizia. Ele não suportava nada pequeno. Dava-lhe arrepios. E pode parecer estranho, minha querida" – e a sra. Stubbs soltou um guincho e parecia inchar com a lembrança –, "mas foi um edema que o levou no final. Mais de uma vez tiraram quase um litro de dentro dele no hospital... Pareceu até um *julgamento*."

Alice ficou curiosa em saber exatamente o que fora tirado de dentro dele. Ela tentou: "Tiraram água?"

Mas a sra. Stubbs encarou Alice e respondeu gravemente: "Era líquido, minha querida".

Líquido! Alice assustou-se com a palavra como um gato que pula diante de algo novo e volta para cheirá-lo, com cautela.

"Esse é ele!", disse a sra. Stubbs, apontando de forma dramática para o busto em tamanho real de um homem robusto com uma rosa branca morta na lapela do casaco, que parecia um amontoado de gordura fria. Logo abaixo, em letras prateadas sobre uma base de cartolina vermelha, as palavras: "Não tenha medo, este sou Eu".

"Ele tem um rosto tão distinto", disse Alice vagamente.

O laço azul-claro no alto dos cabelos claros encaracolados da sra. Stubbs tremeu. Ela curvou seu pescoço rechonchudo. Que pescoço ela tinha! Era rosa-claro no começo e mudava para damasco, desbotando depois para bege e uma cor creme-escura.

"Mesmo assim, minha querida", disse ela de forma inesperada, "é melhor ter liberdade!" Sua risadinha suave e volumosa pareceu um ronronar. "É melhor a liberdade", disse a sra. Stubbs de novo.

Liberdade! Alice soltou uma risadinha tola. Sentiu-se incomodada. Sua mente voou de volta para sua cozinha. Que esquisito! Ela queria estar de volta à sua cozinha.

IX

Um estranho grupo se reunira na lavanderia dos Burnells depois do chá. Ao redor da mesa sentaram-se um touro, um galo, um burro que esquecia constantemente que era um burro, uma ovelha e uma abelha. A lavanderia era o lugar ideal para esse tipo de reunião, pois eles poderiam fazer o barulho que quisessem sem ser interrompidos. Tratava-se de um galpão de zinco afastado do bangalô. Contra a parede havia um cocho fundo e no canto uma bancada de cobre com uma cesta de pregadores de roupa. No parapeito empoeirado da pequena janela, coberta por teias de aranha, havia um toco de vela e uma ratoeira. No alto, varais se entrelaçavam e, pendurada em um gancho na parede, havia uma grande, enorme ferradura enferrujada. A mesa ficava bem no meio, com um banco de cada lado.

"Você não pode ser uma abelha, Kezia. Uma abelha não é um animal. É um inseto."

"Ah, mas eu quero tanto ser uma abelha", lamentou Kezia... Uma abelhinha, com pelinhos amarelos e patinhas listradas. Ela sentou-se sobre as pernas e se apoiou na mesa. Ela sentia-se como uma abelha.

"Um inseto tem que ser um animal", disse ela firmemente. "Ele faz barulho. Não é como um peixe."

"Eu sou um touro, eu sou um touro!", gritou Pip. E soltou um mugido tão alto – como ele fazia esse barulho? – que Lottie ficou bastante assustada.

"Eu vou ser uma ovelha", disse o pequeno Rags. "Um monte de ovelhas passou aqui essa manhã."

"Como você sabe?"

"O papai ouviu. Bééé!" Ele soou como uma ovelhinha desgarrada que parece esperar para ser carregada.

"Cocoricó!", guinchou Isabel. Com suas bochechas vermelhas e olhos brilhantes, ela parecia um galo.

"O que eu posso ser?" Lottie perguntou para todos e sentou-se sorrindo, esperando que decidissem por ela. Teria de ser algo fácil.

"Seja um burro, Lottie." Era a sugestão de Kezia. "Ri-ró! Você não vai esquecer fácil."

"Ri-ró!", disse Lottie solenemente. "Quando eu tenho que dizer?"

"Vou explicar, vou explicar", disse o touro. Era ele quem tinha as cartas. Ele balançou-as ao redor da cabeça. "Todos em silêncio! Ouçam todos!" E esperou. "Olhe aqui, Lottie." Virou uma carta. "Tem dois pontinhos na carta – viu? Agora, se você colocar essa carta no meio e mais alguém tiver uma com dois pontinhos, você diz 'ri-ró' e a carta é sua."

"Minha?" Lottie arregalou os olhos. "Para sempre?"

"Não, sua boba. Só no jogo, entendeu? Só enquanto estamos brincando." O touro ficou muito zangado com ela.

"Ah, Lottie, você é uma bobinha", disse o galo, orgulhoso. Lottie olhou para os dois. Então baixou a cabeça; seus lábios tremeram. "Não quero brincar", sussurrou. Os outros se entreolharam como conspiradores. Todos sabiam o que iria acontecer. Ela iria se esconder e a encontrariam com o avental em cima da cabeça em um canto qualquer, encostada em alguma parede ou até mesmo atrás de uma cadeira.

"Sim, você quer, Lottie. É muito fácil", disse Kezia.

E Isabel, arrependida, falou como se fosse gente grande: "Preste atenção em mim, Lottie, e logo, logo você aprende."

"Anime-se, Lot", disse Pip. "Olha, já sei o que vou fazer. Vou te dar a minha primeira carta. É minha, mas eu dou para você. Lá vai." E jogou a carta na frente de Lottie.

Lottie animou-se de novo. Mas agora ela tinha outro problema. "Não tenho um lencinho", disse ela. "Preciso tanto de um."

"Tome, Lottie, pode usar o meu." Rags enfiou a mão na sua blusa de marinheiro e retirou um lenço úmido, amarrado com um nó. "Tenha cuidado", avisou ele. "Use só esse cantinho.

E não desfaça o nó. Tem uma estrela-do-mar dentro e eu vou tentar domesticá-la."

"Ah, vamos logo, meninas", disse o touro. "E prestem atenção – vocês não podem olhar as cartas. Vocês têm que ficar com as mãos debaixo da mesa até eu dizer 'agora'."

E começou a dar as cartas na mesa com força. Tentaram vê-las de todas as formas, mas Pip era muito rápido. Era tão excitante sentar-se na lavanderia; era tudo que podiam fazer até que Pip tivesse terminado de distribuir o maço.

"Agora, Lottie, você começa."

Timidamente Lottie esticou a mão, pegou a carta do alto do seu montinho, deu uma bela olhada nela – era óbvio que ela estava contando os pontinhos – e colocou-a de volta.

"Não, Lottie, você não pode fazer isso. Não pode olhar antes. Tem que virar a carta."

"Mas aí todos vão ver ao mesmo tempo que eu", disse Lottie.

O jogo continuou. "Muuuu!" O touro era terrível. Ele se jogava na mesa e parecia comer todas as cartas.

"Bzzz!", disse a abelha.

"Cocoricó!" Isabel, de tão animada, se levantou e moveu os cotovelos como asas.

"Bééé!" O pequeno Rags baixou o rei de ouros, e Lottie baixou a carta que eles chamavam de rei da Espanha. Ela já não tinha quase nenhuma carta.

"Por que você não chama, Lottie?"

"Eu esqueci o que eu sou", disse o burro, triste.

"Então, mude! Seja um cachorro. Au, au!"

"Ah, sim. Muito mais fácil." Lottie sorriu de novo. Mas, quando Kezia e ela tinham um ás, Kezia esperou de propósito. Os outros fizeram sinais para Lottie e apontaram. Lottie ficou muito vermelha; ela parecia perdida e, afinal, disse: "Ri-ró! Ke-zia".

"Sshhh! Esperem um pouco!" Estavam no meio do jogo quando o touro parou todos, levantando a mão. "O que é isso? Que barulho é esse?"

"Que barulho? Do que você está falando?", perguntou o galo.

"Sshhh! Quietos! Ouçam!" Todos ficaram paralisados. "Achei que tinha ouvido uma espécie de batida na porta", disse o touro.

"Como era a batida?", perguntou a ovelha baixinho.

Nenhuma resposta.

A abelha deu de ombros. "Por que nós trancamos a porta?", disse suavemente. Ah, por que, por que eles tinham fechado a porta?

Enquanto brincavam, o dia se foi; o lindo pôr-do-sol tinha ardido e morrido. E agora a sorrateira escuridão corria sobre o mar, a areia, subia as pastagens. Era assustador olhar para os cantos da lavanderia e, mesmo assim, era preciso fazê-lo com muito esforço. Em algum lugar, bem longe, a avó acendia um lampião. As persianas eram fechadas; o fogo da cozinha crepitava nas latas da prateleira.

"Seria horrível se agora", disse o touro, "se uma aranha caísse do teto na mesa, não seria?"

"Aranhas não caem do teto."

"Caem, sim. A nossa Min disse que viu uma aranha do tamanho de um pires com longos pelos, como uma groselha."

Rapidamente todas as cabecinhas olharam para cima; os corpinhos se amontoaram uns contra os outros.

"Por que ninguém veio nos chamar?", gritou o galo.

Ah, essa gente grande, rindo, confortáveis, sentados perto do lampião, bebendo direto da xícara! Tinham se esquecido deles. Não, não esquecido de verdade. Suas risadas significavam uma coisa. Tinham decidido deixá-los ali sozinhos.

De repente Lottie soltou um grito tão arrepiante que todos pularam dos bancos, todos gritaram também. "Um rosto... um rosto olhando pra gente!", berrou Lottie.

Era verdade, era real. Pressionado contra a janela havia um rosto pálido com olhos pretos, uma barba preta.

"Vovó! Mãe! Alguém!"

E não conseguiram chegar à porta, caindo uns sobre os outros, antes que ela fosse aberta pelo tio Jonathan. Ele tinha vindo para levar os meninos para casa.

X

Ele pretendia ter vindo antes, mas se encontrou com Linda no jardim da frente, que andava para cima e para baixo, parava para colher uma flor morta ou arrumar um graveto para apoiar um cravo, cheirava profundamente outra flor, para depois andar novamente, com aquele seu ar distante. Vestia um xale amarelo com franjas rosadas da loja do chinês sobre o vestido branco.

"Olá, Jonathan!", falou Linda. Jonathan tirou seu chapéu de panamá, apertou-o contra o peito, ajoelhou-se com uma perna e beijou a mão de Linda.

"Meus cumprimentos, minha alva! Meus cumprimentos, minha flor de pessegueiro celestial!", ressoou a voz grave gentilmente. "Onde estão as outras nobres damas?"

"Beryl saiu para jogar *bridge*, e a mãe está dando banho no menino... Você veio para pegar algo emprestado?"

Os Trouts sempre precisavam de algo emprestado e apareciam na casa dos Burnells inadvertidamente.

Mas Jonathan respondeu simplesmente: "Um pouco de amor, um pouco de gentileza"; e caminhou ao lado da cunhada.

Linda deitou-se na rede de Beryl sob a *manuka*, e Jonathan estendeu-se na grama ao lado dela, arrancou um matinho e começou a mastigá-lo. Eles se conheciam muito bem. As vozes das crianças surgiam dos outros jardins. A carroça de um pescador se balançava pela estrada de areia, e ao longe eles ouviam um cão latindo; era um latido abafado, como se a cabeça do cachorro estivesse em um saco. Prestando atenção, podia-se ouvir o barulho suave do mar na maré alta, batendo nos seixos. O sol se punha.

"E você vai voltar para o escritório na segunda, não é, Jonathan?", perguntou Linda.

"Na segunda, a porta da gaiola é aberta, e a vítima é trancada por mais onze meses e uma semana", respondeu Jonathan.

Linda se balançou levemente. "Deve ser horrível", disse devagar.

"Você me faria rir, minha alva irmã? Você me faria chorar?"

Linda estava tão acostumada com a forma como Jonathan falava que não prestou atenção.

"Acredito", disse vagamente, "que nos acostumamos. Nos acostumamos com qualquer coisa."

"Mesmo? Hmmm!" O "hmmm" foi tão profundo que pareceu ter saído de dentro da terra. "Me pergunto como se faz", matutou Jonathan; "eu nunca consegui."

Olhando-o deitado ali, Linda pensou novamente em como ele era atraente. Era estranho pensar que era um simples contador, que Stanley ganhava duas vezes mais dinheiro que ele. Qual era o problema com Jonathan? Ele não tinha ambição; ela concluiu que era isso. E ainda assim ele parecia talentoso, excepcional. Era apaixonado por música; todo centavo que sobrava, ele gastava em livros. Sempre tinha novas ideias, esquemas, planos. Mas nada vingava. Um fogo ardia em Jonathan; era quase possível ouvi--lo crepitando suavemente enquanto ele explicava, descrevia e compartilhava a nova ideia. Contudo, um momento depois, já se apagara e só sobravam cinzas, mas Jonathan continuava com um olhar faminto em seus olhos negros. Ultimamente, ele exagerava em seu modo absurdo de falar e cantava na igreja – era o líder do coral – com uma intensidade dramática tão aterradora que mesmo o hino mais ordinário adquiria um esplendor profano.

"Parece-me tão imbecil, tão infernal ir ao escritório na segunda", disse Jonathan, "tanto quanto sempre foi e sempre vai ser. Perder os melhores anos da vida em uma cadeira das nove às cinco, rabiscando no livro-caixa de alguém! É uma forma esquisita de viver sua… sua única vida, não é? Ou eu sonho demais?" Ele virou-se na grama e olhou para Linda. "Diga-me, qual a diferença entre a minha vida e a de um prisioneiro? A única diferença que eu vejo é que eu mesmo me coloquei na cadeia e ninguém nunca vai me deixar sair. É uma situação muito mais intolerável. Porque se eu tivesse sido empurrado para dentro, contra a minha vontade – aos chutes e pontapés –, assim que a porta fosse fechada ou em cinco anos, mais ou menos, eu teria me conformado, teria começado a me interessar pelo voo das moscas ou a contar os passos do vigia pelo corredor, dando particular atenção às diferenças na pisada ou algo assim. Mas não, sou como um inseto que entrou em uma sala por vontade própria. Eu bato contra as paredes, bato contra as janelas, me debato contra o teto, enfim, faço qualquer coisa nessa terra de Deus, exceto voar de volta para fora. E, enquanto isso, fico pensando como aquela mariposa ou borboleta, ou o que quer que ela seja, sobre 'a brevidade da vida! A brevidade da vida!' Só tenho uma noite ou um dia, e esse imenso e perigoso jardim está ali, esperando, desconhecido, inexplorado."

"Mas se você se sente assim, por que…", começou Linda rapidamente.

"Ah!", gritou Jonathan. E esse "ah!" soou quase exultante. "Você me pegou. Por quê? Realmente, por quê? Essa questão misteriosa, enlouquecedora. Por que eu não voo de volta para fora? Lá está a janela ou a porta ou qualquer que seja o lugar por onde entrei. Não está trancado definitivamente – não é? Por que eu não o encontro e desapareço? Responda-me, irmãzinha." Mas ele não lhe deu tempo para responder.

"Sou exatamente como aquele inseto novamente. Por alguma razão" – Jonathan fez uma pausa entre as palavras –, "não é permitido, é proibido, é contra as leis dos insetos parar de bater, e se debater, e rastejar pela vidraça mesmo que por um único instante. Por que eu não deixo o escritório? Por que eu não reflito seriamente, agora, por exemplo, sobre o que me impede de sair? Não estou fatalmente preso. Tenho dois meninos para criar, mas de qualquer forma eles são meninos. Poderia partir para o mar ou arranjar um emprego no norte ou..." Subitamente, sorriu para Linda e disse com a voz mudada, como se lhe confiasse um segredo: "Fraco... fraco. Sem energia. Sem âncora. Sem princípio orientador, vamos chamar assim". E então a voz sombria e aveludada se soltou:

"Quer ouvir a história?
Como ela se desenrola..."

E ficaram em silêncio.

O sol desaparecera. No céu poente, grandes massas de nuvens rosadas se amontoavam. Espessos raios de luz brilhavam através e além das nuvens, como se fossem cobrir todo o céu. Sobre a cabeça deles, o azul se dissipara; tornou-se um dourado pálido, e o contorno da floresta brilhava sombriamente como metal. Às vezes, quando esses raios de luz aparecem no céu, são terríveis. Eles evocam que, acima de tudo, está Jeová, o Deus ciumento, o Todo-Poderoso, cujo olho está sobre você, sempre vigilante, jamais cansado. Você se lembra de que na Sua chegada toda a terra vai se transformar em um cemitério em ruínas;

os anjos frios e brilhantes vão conduzi-lo para todo lado, e não haverá tempo para explicar o que seria explicado de forma tão simples... Mas hoje à noite, para Linda, parecia haver algo infinitamente amoroso e feliz naqueles raios prateados. E agora nenhum barulho vinha do mar. Ele respirava tranquilamente como se tivesse derramado sua beleza terna e agradável sobre si mesmo.

"Está tudo errado, está tudo errado", surgiu a voz sombria de Jonathan. "Não é a cena, não é a ambientação para... três banquetas, três mesas, três tinteiros e uma tela de mosquitos."

Linda sabia que ele nunca mudaria, mas disse: "É tarde demais, mesmo agora?"

"Estou velho... estou velho", entoou Jonathan. Ele se inclinou para ela e passou a mão na cabeça. "Olhe!" Seus cabelos pretos estavam salpicados de prata, como a plumagem do peito de um galo cemani[10].

Linda ficou surpresa. Ela não sabia que ele já estava grisalho. E mesmo assim, quando ele se pôs de pé ao seu lado, suspirou e se espreguiçou, ela o viu, pela primeira vez, não como alguém determinado, cortês, negligente, mas como um homem envelhecido. Ele parecia muito alto no jardim escurecido, e o pensamento lhe veio à mente: "Ele é como uma erva-daninha".

Jonathan se inclinou novamente e beijou os dedos dela.

"Que o céu recompense vossa doce paciência, minha dama", murmurou ele. "Devo buscar os herdeiros da minha fama e fortuna..." E partiu.

10 Galo de plumagem preta, originário da Indonésia. (N. do T.)

XI

Uma luz brilhava nas janelas do bangalô. Dois quadrados de ouro caíam sobre os cravos e as calêndulas pontiagudas. Florrie, a gata, saiu para o alpendre e sentou-se no degrau de cima com as patas brancas juntas e o rabo enrolado. Ela parecia contente, como se tivesse esperado por esse momento o dia todo.

"Graças a Deus, está ficando tarde", disse Florrie. "Graças a Deus, o longo dia acabou." Seus olhos esverdeados se abriram.

Logo soou o chacoalhar da carruagem, o estalido do chicote de Kelly. Chegara próximo o bastante para se ouvir as vozes dos homens vindo da cidade, conversando em voz alta. Parou no portão dos Burnells.

Stanley estava na metade da trilha quando viu Linda. "É você, querida?"

"Sim, Stanley."

Ele saltou sobre o canteiro de flores e a tomou em seus braços. Ela foi envolvida no abraço familiar, ávido e forte.

"Perdoe-me, querida, perdoe-me", balbuciou Stanley e pôs a mão sobre o queixo dela, levantando seu rosto para ele.

"Perdoá-lo?", sorriu Linda. "Mas por quê?"

"Por Deus! Você não pode ter esquecido", gritou Stanley Burnell. "Não pensei em mais nada o dia todo. Tive um dia dos infernos. Havia me decidido a sair para enviar-lhe um telegrama, mas então pensei que a mensagem chegaria depois de mim. Tenho me torturado, Linda."

"Mas, Stanley", disse Linda, "o que eu devo perdoar?"

"Linda!" – Stanley estava magoado – "Você não percebeu – você deve ter percebido – que eu saí sem lhe dizer adeus hoje de manhã? Não consigo imaginar como posso ter feito isso. Meu temperamento difícil, claro. Mas, bem" – e suspirou, tomando-a nos braços novamente –, "já sofri o suficiente por hoje."

"O que você tem na mão?", perguntou Linda. "Luvas novas? Deixe-me ver."

"Ah, apenas um par barato de camurça", disse Stanley modestamente. "Notei que Bell estava usando umas iguais na carruagem esta manhã e, ao passar pela loja, entrei e comprei-as para mim. Por que você está sorrindo? Não acha que fiz mal, acha?"

"Ao contrário, querido", disse Linda, "acho que foi muito sensato."

Ela colocou uma das luvas grandes e claras nos dedos e olhou para a própria mão, virando-a para um lado e para o outro. Ainda sorria.

Stanley queria dizer: "Pensei em você o tempo todo enquanto as comprava". Era verdade, mas por algum motivo, não pôde falar nada. "Vamos entrar", disse ele.

XII

Por que nos sentimos tão diferentes à noite? Por que é tão excitante estar acordada enquanto todos estão dormindo? Tarde... é muito tarde! E, mesmo assim, a todo instante, você se sente mais e mais desperta, como se, lentamente, a cada respiração, acordasse para um mundo novo, maravilhoso, muito mais animado e excitante que o mundo diurno. E essa sensação estranha de fazer parte de uma conspiração? Furtiva e secretamente, você se move pelo quarto. Você pega algo da penteadeira e guarda novamente sem fazer barulho. E tudo, até mesmo o balaústre da cama, conhece você, responde, compartilha o seu segredo...

Você não gosta do seu quarto durante o dia. Você nunca pensa nele. Você entra e sai, a porta se abre e fecha, o armário range. Você se senta no seu lado da cama, troca de sapatos e sai novamente. Uma olhada no espelho, dois grampos no cabelo, pó no rosto e fora de novo. Mas agora, repentinamente, ele se torna um lugar querido. É um quartinho adorável. É seu. Ah, que alegria possuir coisas. Meu – só meu!

"Meu para sempre?"

"Sim." Seus lábios se encontram.

Não, claro que não, uma coisa não tinha nada a ver com a outra. Apenas um monte de besteiras sem sentido. Mas, sem querer, Beryl viu tão claramente duas pessoas em pé no meio do seu quarto. Os braços dela ao redor do pescoço dele; ele a abraçava. E agora sussurrava: "Minha beldade, minha pequena beldade!" Ela pulou da cama, correu até a janela e ajoelhou-se no banco com os cotovelos apoiados no parapeito. E a linda noite, o jardim, cada folha, até mesmo a cerca branca, até mesmo as estrelas eram conspiradores também. A lua estava tão clara que as flores brilhavam como se fosse dia; a sombra das capuchinhas, com folhas deslumbrantes como as dos lírios e as flores abertas, se espalhava pelo alpendre prateado. A *manuka*, entortada pelos ventos do sul, parecia um pássaro de uma perna só esticando a asa.

Mas, quando Beryl olhou para a floresta, ela pareceu-lhe triste.

"Somos árvores estúpidas, estendendo os braços para a noite, implorando sabe-se lá o quê", disse a floresta triste.

É verdade que quando se está sozinha ou pensando na vida, tudo fica triste. Toda a excitação tem um jeito de desaparecer subitamente e é como se, no silêncio, alguém chamasse seu nome, e você o ouve pela primeira vez. "Beryl!"

"Sim, estou aqui. Sou Beryl. Quem me procura?"

"Beryl!"

"Deixe-me ir."

É solitário viver sozinha. Claro, há relações, amigos, montes deles; mas não é a esse tipo que ela se refere. Ela quer alguém que encontre a Beryl que ninguém conhece, que espere que ela seja essa Beryl sempre. Ela quer um amante.

"Leve-me para longe dessas pessoas, meu amor. Vamos para bem longe. Vamos viver essa vida, uma vida nova, nossa, desde o início. Vamos fazer nosso fogo. Vamos nos sentar para comer juntos. Vamos ter longas conversas à noite."

E o pensamento era quase: "Salve-me, meu amor. Salve-me!"

"...Ah, continue! Não seja puritana, minha querida. Divirta-se enquanto é jovem. Esse é o meu conselho." E um ímpeto de risadas tolas juntou-se ao grito barulhento e indiferente da sra. Harry Kember.

É tão aterradoramente difícil quando você não é ninguém,

entende? Você fica à mercê de tudo. Você simplesmente não pode ser grosseira. E há sempre esse medo de parecer inexperiente e enfadonha como as outras bobonas da Baía. E... e é fascinante saber que você tem poder sobre outras pessoas. Sim, é fascinante.

Ah, por que, ah, por que "ele" não vem logo?

Se eu continuar vivendo aqui, pensou Beryl, qualquer coisa pode acontecer comigo.

"Mas como você sabe que ele definitivamente não vem?", zombou uma vozinha dentro dela.

Mas Beryl ignorou-a. Ela não ficaria sozinha. Outras pessoas, talvez, mas não ela. Não era possível imaginar que Beryl Fairfield nunca se casaria, uma garota tão adorável e fascinante.

"Você se lembra de Beryl Fairfield?"

"Lembrar dela? Como se eu pudesse esquecê-la! Foi naquele verão na Baía que eu a vi. Ela estava na praia em um vestido de musselina azul" – não, rosa – "segurando um imenso chapéu de palha creme" – não, preto. – "Mas isso foi anos atrás."

"Ela continua tão adorável quanto antes, provavelmente até mais."

Beryl sorriu, mordeu o lábio e olhou para o jardim. Enquanto olhava, viu alguém, um homem, sair da estrada e subir a pastagem até a cerca deles, como se viesse na direção dela. Seu coração bateu mais forte. Quem era ele? Quem poderia ser? Não poderia ser um ladrão, certamente não era um ladrão, pois ele estava fumando e caminhava tranquilamente. O coração de Beryl palpitou; ele pareceu dar meia-volta e depois parar. Ela o reconheceu.

"Boa noite, srta. Beryl", disse a voz suavemente.

"Boa noite."

"Não gostaria de dar um passeio?", balbuciou.

Dar um passeio! A esta hora da noite! "Não poderia. Todos estão na cama. Todos estão dormindo."

"Ah", disse a voz devagarinho, e um sopro da fumaça doce chegou até ela. "Que nos importa 'todos'? Vamos! Está uma noite tão agradável. Não há ninguém por perto."

Beryl balançou a cabeça. Mas algo já se remexia dentro dela, algo despertava.

A voz disse: "Com medo?", caçoou. "Pobre garotinha!"

"Nem um pouco", disse ela. Enquanto falava, aquela coisa frágil dentro dela pareceu se desenrolar, tornar-se extremamente forte; ela ansiava por ir! E, logo que ele conseguiu compreender o que acontecia, a voz disse, gentil e suavemente, mas resoluta: "Venha comigo!"

Beryl saltou a janela baixa, cruzou o alpendre, correu pela grama até o portão. Ele chegou antes dela.

"Está tudo bem", suspirou a voz e a provocou. "Você não está com medo, está? Você não está com medo?"

Ela estava; agora que estava ali, ela ficou aterrorizada e parecia-lhe que tudo estava diferente. O luar a fitava e cintilava; as sombras assemelhavam-se a barras de ferro. Ele pegou sua mão.

"Nem um pouco", disse ela calmamente. "Por que estaria?"

Ele puxou sua mão gentilmente, esticando-a. Ela deteve-se.

"Não, não irei mais longe", disse Beryl.

"Ah, inferno!" Harry Kember não acreditava nela. "Venha

comigo! Só vamos até aquele arbusto de brincos-de-princesa. Venha comigo!"

O arbusto de brincos-de-princesa era alto. Caía aos montes sobre a cerca. Sob ele, havia um poço de escuridão.

"Não, de verdade, não quero ir", disse Beryl.

Por um instante Harry Kember não respondeu. Então chegou mais perto, virou-se para ela e disse rapidamente: "Não seja tola! Não seja tola!"

Ela nunca tinha visto esse sorriso dele antes. Ele estava bêbado? O sorriso brilhante, ofuscante, aterrador paralisou-a de medo. O que ela estava fazendo? Como chegara até ali? O austero jardim perguntou para ela enquanto Harry Kember atravessava o portão aberto e, rápido como um gato, agarrava-a.

"Diabinha fria! Diabinha fria!", disse a voz odiosa.

Mas Beryl era forte. Ela escorregou, esquivou-se e se libertou.

"Você é vil, vil", disse ela.

"Então por que, em nome de Deus, você veio?", gaguejou Harry Kember. Ninguém lhe respondeu.

XIII

Uma nuvem pequena, serena flutuou sobre a lua. Nesse momento de escuridão, o mar soou profundo, turbulento. Então a nuvem partiu-se, e o som do mar tornou-se um murmúrio suave, como saído de um sonho sombrio. Tudo ficou inerte.

A FESTA NO JARDIM

E, afinal, o clima estava ideal. Não poderiam ter um dia mais perfeito para uma festa no jardim se tivessem pedido. Sem vento, não muito quente, o céu sem uma nuvem. Apenas o azul do céu encoberto por uma leve névoa dourada, como às vezes acontece no começo do verão. O jardineiro estava acordado desde o amanhecer, cortando e varrendo o gramado até que a grama e as rosetas escuras dos canteiros onde ficavam as margaridas pareciam brilhar. Quanto às rosas, era impossível não sentir que elas compreenderam ser as únicas flores que impressionavam as pessoas em festas no jardim; as únicas flores que todos certamente conheciam. Centenas, sim, literalmente centenas haviam florescido em uma única noite; os arbustos verdes se curvavam como se tivessem sido visitados por arcanjos.

O café da manhã ainda não havia acabado quando os homens chegaram para montar a tenda.

"Onde você quer que ponham a tenda, mãe?"

"Minha querida filha, é inútil perguntar para mim. Decidi deixar tudo para vocês, crianças, este ano. Esqueça que sou sua mãe. Trate-me como uma convidada de honra."

Mas Meg não poderia supervisionar os homens. Ela tinha lavado os cabelos antes do café da manhã e sentara-se para tomar café vestindo um turbante verde, com um cacho escuro e úmido sobre cada bochecha. Jose, frívola como ela era, sempre descia com um quimono sobre a camisola de seda.

"Você vai ter que ir, Laura; você é a artística da família."

Laura saiu, ainda segurando seu pedaço de pão com manteiga. Era tão prazeroso ter uma desculpa para comer ao ar livre e, além disso, ela adorava ter de arrumar coisas; sempre sentira que podia fazê-lo melhor que qualquer outra pessoa.

Quatro homens em mangas de camisa estavam agrupados na trilha do jardim. Carregavam estacas cobertas com rolos de lona e tinham grandes sacolas de ferramentas penduradas nas costas. Eram impressionantes. Laura desejou não ter trazido o pão com manteiga, mas não havia lugar onde colocá-lo e ela não podia simplesmente jogá-lo fora. Ela enrubesceu e tentou parecer séria, e até mesmo um pouco míope, quando se dirigiu a eles.

"Bom dia", disse copiando a voz da mãe. Mas ela soou tão terrivelmente afetada que ficou envergonhada e começou a gaguejar como uma menininha. "Ah... é... vocês vieram... é sobre a tenda?"

"Isso mesmo, senhorita", disse o homem mais alto, um rapaz magricela e cheio de sardas, e colocou sua sacola de ferramentas de lado, levantou o chapéu de palha e sorriu para ela. "Basicamente isso."

Seu sorriso era tão acessível, tão amigável que Laura se recompôs. Que olhos agradáveis ele tinha, pequenos, mas de um azul tão escuro! E agora ela olhou para os outros, que sorriam também. "Anime-se, nós não mordemos", seus sorrisos pareciam dizer. Que trabalhadores gentis eles eram! E que manhã tão linda! Ela não deveria mencionar a manhã; ela tinha de ser profissional. A tenda.

"Bom, que tal o canteiro de lírios? Pode ser ali?"

E apontou o canteiro de lírios com a mão que não segurava o pão com manteiga. Eles se viraram, olhando fixamente para aquela direção. Um camarada gordinho ficou de queixo caído e o rapaz alto franziu a testa.

"Não me agrada muito", disse ele. "Não é notável o bastante. Veja bem, com algo como uma tenda", e se virou para Laura com seu jeito descontraído: "você tem que colocá-la em um lugar que dê um tapa nos olhos, se é que você me entende".

Com sua educação, Laura se perguntou por um momento se era realmente respeitoso um trabalhador falar de tapas nos olhos. Mas ela entendeu.

"Um canto da quadra de tênis", sugeriu ela. "Mas a banda vai usar um deles."

"Hmmm, vai haver uma banda?", disse um outro trabalhador. Era pálido. Tinha um olhar cansado e seus olhos escuros examinaram a quadra de tênis. No que estava pensando?

"Apenas uma banda pequena", disse Laura gentilmente. Talvez ele não se importasse tanto se a banda fosse pequena. Mas o rapaz alto a interrompeu.

"Veja bem, senhorita, ali é o lugar. Contra aquelas árvores. Bem ali. É perfeito."

Contra os barrileiros[11]. Eles ficariam escondidos. E eram tão adoráveis, com suas folhas largas e vistosas e seus cachos de frutas amarelas. Era o tipo de árvore que, na sua imaginação, cresce em uma ilha deserta, orgulhosa, solitária, elevando suas folhas e frutos para o sol em uma espécie de esplendor silencioso. Elas deveriam ficar escondidas por uma tenda?

Sim, deveriam. Os homens já tinham colocado as estacas nos ombros e se dirigiam ao local. Somente o rapaz alto ficara ao lado dela. Abaixou-se, apertou um broto de lavanda e levou o polegar e o indicador ao nariz, sentindo o cheiro. Quando Laura viu seu gesto, ficou tão maravilhada por ele se importar com coisas como essa – se importar com o odor da lavanda – que esqueceu dos barrileiros. Quantos homens que ela conhecia fariam tal coisa? Ah, que surpreendentemente agradáveis eram os trabalhadores, pensou. Por que ela não podia ter amigos trabalhadores em vez dos garotos tolos com quem ela dançava e que vinham para a ceia nos domingos à noite? Ela se daria muito melhor com homens como eles.

Era a culpa, ela concluiu enquanto o rapaz alto desenhava algo no verso de um envelope, algo que deveria ser amarrado ou pendurado, dessas absurdas distinções de classe. Bom, de sua parte, ela não as sentia. Nem um pouco, nem um pouquinho...

---

11 *Karaka* no original. Árvore típica da Nova Zelândia, importada para o arquipélago dos Açores (Portugal), onde ganhou seu nome português. Também chamada de "louro-da-nova-zelândia". (N. do T.)

E, agora, o poc-poc dos martelos de madeira começou a soar. Alguém assobiou, alguém gritou: "Já chegou, parceiro?" "Parceiro!" A cordialidade do termo, a... a... Para provar quão feliz ela estava, só para mostrar como estava se sentindo à vontade e como desprezava conversas estúpidas, Laura deu uma bela mordida no seu pão com manteiga enquanto olhava para o desenho. Ela se sentia como uma trabalhadora.

"Laura, Laura, onde está você? Telefone, Laura!", uma voz gritou de dentro da casa.

"Estou indo!" Ela partiu saltitando, sobre o gramado, pela trilha, degraus acima, atravessando a varanda alpendre adentro. No saguão, seu pai e Laurie estavam escovando os chapéus para ir ao escritório.

"Estou dizendo, Laura", disse Laurie muito rápido, "você tem que espremer meu casaco antes do entardecer. Dar uma olhada se vai precisar ser passado a ferro."

"Pode deixar", disse ela. Subitamente, ela não conseguia parar. Correu até Laurie e abraçou-o rápida e levemente. "Ah, eu amo festas, você não?", suspirou Laura.

"Cer-ta-men-te", disse a voz suave de menino de Laurie, e ele abraçou a irmã também, dando-lhe um leve empurrão. "Corra para o telefone, velha garota."

O telefone. "Sim, sim; ah, sim. Kitty? Bom dia, querida. Vir para o almoço? Venha, querida. Ficarei encantada, claro. Vamos fazer uma refeição improvisada – apenas as cascas dos sanduíches e dos suspiros quebrados e o que mais sobrar. Sim, não está uma manhã perfeita? O seu branco? Ah, claro que eu teria. Um instante – aguarde na linha. A mãe está chamando." E Laura reclinou-se. "O que, mãe? Não estou ouvindo."

A voz da sra. Sheridan flutuou pelas escadas abaixo. "Diga-lhe para usar aquele chapéu adorável que ela colocou domingo passado."

"A mãe disse para você usar aquele chapéu adorável que você colocou domingo passado. Muito bem. Uma da tarde. Tchau, tchau."

Laura pôs o telefone no gancho, levou as mãos acima da cabeça, respirou profundamente e esticou-se, soltando os braços. "Ahhh", suspirou e sentou-se rapidamente, logo após o suspiro. Ficou imóvel, ouvindo. Todas as portas da casa pareciam estar abertas. A casa estava viva, com passos rápidos e suaves e vozes em sucessão. A porta verde que levava à ala dos empregados se abriu e fechou com um baque abafado. E agora um longo som absurdo de risadas ressoava. Era o pesado piano sendo movido pelos rodízios enrijecidos. E o ar! Se você parasse para prestar atenção, o ar era sempre assim? Ventinhos fracos brincavam de pega-pega, entrando pelo alto das janelas e saindo pelas portas. E também havia duas manchinhas de sol brincando, uma no tinteiro, outra na moldura prateada de um porta-retratos. Adoráveis manchinhas. Especialmente a que estava sobre a tampa do tinteiro. Era tão quentinha. Uma estrelinha prateada e cálida. Ela poderia tê-la beijado.

A campainha da porta da frente ecoou, e logo surgiu o farfalhar da saia estampada de Sadie nas escadas. Uma voz de homem murmurou. Sadie respondeu, indiferente: "Não sei com certeza. Espere. Vou perguntar à sra. Sheridan".

"O que foi, Sadie?" Laura veio até o saguão.

"É o florista, srta. Laura."

Era ele, sem dúvida. Ali no saguão, ao lado da porta, encontrava-se uma bandeja rasa e larga, repleta de vasos de lírios cor-de-rosa. Nada além de lírios – canas-da-índia[12], imensas flores rosadas, totalmente abertas, radiantes, quase assustadoramente vivas com seus brilhantes talos vermelhos.

"A-ah, Sadie!", disse Laura, sua voz soando como um pequeno gemido. Ela agachou-se, parecendo se aquecer no calor dos lírios; sentiu como se eles estivessem em seus dedos, em seus lábios, crescendo dentro do peito.

"Há algum engano", disse ela vagamente. "Ninguém nunca pediu tantos. Sadie, vá procurar minha mãe."

Mas nesse instante a sra. Sheridan juntou-se a elas.

"Está tudo certo", disse calmamente. "Sim, eu as pedi. Não são adoráveis?" Ela apertou o braço de Laura. "Estava passando pela loja ontem e as vi na vitrine. E subitamente pensei que, uma vez na vida, deveria ter canas-da-índia suficientes. A festa no jardim será uma ótima desculpa para isso."

"Mas eu pensei que você tinha dito que não queria interferir", disse Laura. Sadie já saíra. O florista ainda estava lá fora, no seu furgão. Ela colocou o braço ao redor do pescoço da mãe e gentilmente, muito gentilmente, mordeu a orelha dela.

"Minha querida filha, você não gostaria de uma mãe lógica, não é? Não faça isso. Aí está o homem."

12 *Canna lillies* no original, literalmente "lírios canna". Na realidade, essa flor não é um lírio, sendo chamada assim somente nos países de língua inglesa. (N. do T.)

Ele carregava ainda mais lírios, outra bandeja repleta deles.

"Amontoe-as aqui dentro, bem ao lado da porta, dos dois lados da entrada, por favor", disse a sra. Sheridan. "Você não concorda, Laura?"

"Ah, concordo, mãe."

Na sala de estar, Meg, Jose e o pequeno e bondoso Hans tinham finalmente conseguido mover o piano.

"Agora, se nós colocarmos esse sofá contra a parede e tirar tudo da sala, sem contar as cadeiras, o que vocês acham?"

"Muito bem."

"Hans, leve essas mesas para a sala de fumo e traga uma vassoura para tirar essas marcas do carpete e... um momento, Hans." Jose adorava dar ordens aos criados, e eles amavam obedecê-la. Ela sempre os fazia sentirem-se como se fossem parte de algum evento dramático. "Diga à mãe e à srta. Laura para virem aqui imediatamente."

"Muito bem, srta. Jose."

Ela virou-se para Meg. "Quero ouvir como o piano está soando, em caso de me pedirem para cantar esta tarde. Vamos ensaiar *Esta Vida é Exaustiva*."

Pum! Ta-ta-ta ti-ta! O piano emergiu tão apaixonadamente que o rosto de Jose mudou. Ela apertou as mãos. Olhou enigmática e pesarosa para Laura e a mãe quando entraram.

"Esta vida é exaustiva,
Uma lágrima – um suspiro
Um amor que muda
Esta vida é exaustiva,

Uma lágrima – um suspiro
Um amor que muda
E então... me retiro![13]"

Nas palavras "Me retiro", apesar de o piano ter soado mais desesperado do que nunca, seu rosto transformou-se em um sorriso brilhante e terrivelmente distante.

"Não tenho uma ótima voz, mamãe?", ela sorriu.

"*Esta vida é exaustiva,*
A esperança morre.
Um sonho – um despertar.[14]"

Sadie a interrompeu. "O que foi, Sadie?"

"Por favor, madame, a cozinheira quer saber se a senhora tem as bandeirinhas para os sanduíches."

"As bandeirinhas dos sanduíches, Sadie?", ecoou a sra. Sheridan vagamente. E seus filhos sabiam pela sua expressão que ela não os tinha. "Vamos ver." E disse para Sadie com firmeza: "Diga para a cozinheira que ela os terá em mãos em dez minutos."

Sadie saiu.

"Laura", disse sua mãe rapidamente, "venha comigo até a sala de fumo. Tenho os nomes em algum lugar no fundo de um

13 No original, *This life is wee-ary, / A tear – a sigh. / A love that chan-ges, / This life is wee-ary, / A tear – a sigh. / A love that chan-ges, / And then... good-bye!* Na última estrofe, optou-se por manter a rima original. (N. do T.)

14 *This life is wee-ary, / Hope comes to die. / A dream--a wa-kening.* (N. do T.)

envelope. Você terá que escrevê-los para mim. Meg, suba agora e tire essa coisa molhada da cabeça. Jose, corra e termine de se vestir nesse instante. Estão me ouvindo, crianças, ou terei que falar com o seu pai quando ele voltar para casa hoje à noite? E... e, Jose, acalme a cozinheira se passar pela cozinha, por favor. Estou morrendo de medo dela essa manhã."

O envelope foi finalmente encontrado atrás do relógio da sala de jantar, apesar de a Sra. Sheridan não fazer ideia de como ele foi parar ali.

"Uma de vocês, crianças, deve tê-lo surrupiado da minha bolsa, porque eu me lembro claramente – *cream cheese* e creme de limão. Você fez ambos?"

"Sim."

"Ovo e..." A sra. Sheridan afastou o envelope de si. "Parece ratazana. Não pode ser ratazana, não é?"

"Azeitona, minha querida", disse Laura, olhando por sobre seu ombro.

"Sim, claro, azeitona. Como soa terrível essa combinação. Ovo e azeitona."

Acabaram, finalmente, e Laura levou-as para a cozinha. Encontrou Jose acalmando a cozinheira, que não parecia amedrontadora em nada.

"Nunca havia visto sanduíches tão extraordinários", exclamou a voz entusiasmada de Jose. "Quantos tipos diferentes você disse que havia, cozinheira? Quinze?"

"Quinze, srta. Jose."

"Muito bem, cozinheira, meus parabéns!"

A cozinheira varreu as cascas com a longa faca de pão e sorriu amplamente.

"A Godber's chegou", anunciou Sadie saindo da despensa. Ela acabara de ver o homem passar pela janela.

Isso queria dizer que os profiteroles tinham chegado. A Godber's era famosa por seus profiteroles. Ninguém sequer pensava em fazê-los em casa.

"Traga-os para dentro e coloque-os na mesa, minha menina", ordenou a cozinheira.

Sadie trouxe-os para dentro e voltou para a porta. Com certeza, Laura e Jose estavam muito crescidas para se importar com esse tipo de coisa. Mesmo assim, não podiam deixar de concordar que os profiteroles pareciam muito atraentes. Muito. A cozinheira começou a arrumá-los, chacoalhando o excesso de glacê.

"Eles não nos fazem voltar ao passado, a todas as festas que já fomos?", disse Laura.

"Acho que sim", disse a prática Jose, que nunca gostava de relembrar o passado. "Parecem muito leves e suaves, devo dizer."

"Comam um, minhas queridas", disse a cozinheira com sua voz tranquila. "Sua mamãe não precisa saber."

Ah, impossível. Requintados profiteroles pouco tempo depois do café da manhã. A própria ideia dava calafrios. Mesmo assim, dois minutos depois, Jose e Laura estavam lambendo os dedos com aquele olhar introspectivo que só pode vir do chantili.

"Vamos para o jardim, pelos fundos", sugeriu Laura. "Quero ver como os homens estão aprontando a tenda. Eles são homens extremamente gentis."

Mas a porta dos fundos estava bloqueada pela cozinheira, Sadie, Hans e pelo homem da Godber's.

Algo tinha acontecido.

"Tsc-tsc-tsc", cacarejou a cozinheira como uma galinha agitada. Sadie tinha a mão grudada na bochecha como se estivesse com dor de dentes. O rosto de Hans estava retorcido com o esforço para compreender. Apenas o homem da Godber's parecia se divertir; a história era sua.

"Qual o problema? O que aconteceu?"

"Houve um acidente terrível", disse a cozinheira. "Um homem morto."

"Um homem morto! Onde? Como? Quando?"

Mas o homem da Godber's não deixaria sua história ser arrancada de si por baixo do nariz dele.

"Conhece aquelas casinhas logo ali embaixo, senhorita?" Conhecer? Claro que ela as conhecia. "Bom, tem um rapaz que mora ali, de nome Scott, um carroceiro. Seu cavalo se assustou com um trator a vapor na esquina da rua Hawke esta manhã, e ele foi arremessado longe, batendo com a nuca. Morto."

"Morto!" Laura encarou o homem da Godber's.

"Já estava morto quando o levantaram", disse o homem da Godber's com satisfação. "Estavam levando o corpo quando vim para cá." E disse para a cozinheira: "Deixou mulher e cinco pequeninos".

"Jose, venha aqui." Laura puxou a manga da sua irmã e a arrastou pela cozinha até o outro lado da porta verde, que separava a ala dos empregados. Ali, parou por um instante e apoiou-se na porta. "Jose!", disse ela, horrorizada, "como vamos fazer para cancelar tudo?"

"Cancelar tudo, Laura?", gritou Jose, surpresa. "O que você quer dizer?"

"Cancelar a festa no jardim, claro." Por que Jose estava fingindo?

Mas Jose estava ainda mais surpresa. "Cancelar a festa no jardim? Minha querida Laura, não seja ridícula. Claro que não vamos fazer nada disso. Ninguém espera isso de nós. Não seja tão exagerada."

"Mas não podemos dar uma festa no jardim com um homem morto ao lado do portão da frente."

Realmente era um exagero, já que as casinhas se encontravam todas em outra travessa, no fundo de uma subida íngreme que levava à casa. Uma estrada larga os separava. É verdade, elas estavam muito próximas. Elas eram a maior monstruosidade possível e não tinham nenhum direito de estar naquela vizinhança. Eram pequenas moradias miseráveis, pintadas de um marrom-chocolate. Nos canteiros havia apenas pés de repolho, galinhas doentes e latas de tomate. Até mesmo a fumaça que saía de suas chaminés era impregnada pela pobreza. Pequenos retalhos e lascas de fumaça, tão diferentes das grandes plumas prateadas que se desenrolavam das chaminés dos Sheridans. Lavadoras moravam na travessa, limpadores de chaminés, um sapateiro e um homem cuja fachada da frente era recoberta com minúsculas gaiolas. As crianças se aglomeravam. Quando os Sheridans eram pequenos, foram proibidos de pisar ali por causa da linguagem revoltante e por medo de contrair algo. Mas, desde que cresceram, Laura e Laurie passavam, em suas rondas, pela travessa. Era repugnante e sórdida. E eles estremeciam ao sair. Mesmo assim, tinham de ir a todos os lugares, ver de tudo. Então se forçavam a passar.

"Pense em como a banda pode soar para aquela pobre mulher", disse Laura.

"Ah, Laura!" Jose começou a ficar irritada de verdade. "Se você vai impedir uma banda de tocar todas as vezes que alguém tiver um acidente, sua vida não terá descanso. Sinto tanto quanto você. Sinto a mesma solidariedade." Seu olhar tornou-se duro. Ela olhou para a irmã como costumava fazer quando eram pequenas e brigavam. "Você não vai trazer um trabalhador bêbado de volta à vida sendo sentimental", disse suavemente.

"Bêbado! Quem disse que ele estava bêbado?" Laura se virou furiosamente para Jose. Disse, como costumava dizer em tais ocasiões: "Vou direto falar com a mãe".

"Vá, querida", piou Jose.

"Mãe, posso entrar no seu quarto?" Laura girou a grande maçaneta de vidro.

"Claro, filha. Por que, qual é o problema? O que aconteceu para você ficar dessa cor?" E a sra. Sheridan virou-se. Estivera experimentando um chapéu novo em frente à penteadeira.

"Mãe, um homem foi morto", começou Laura.

"Não no jardim?", interrompeu sua mãe.

"Não, não!"

"Ah, que susto você me pregou!" A sra. Sheridan suspirou de alívio e retirou o grande chapéu, colocando-o sobre os joelhos.

"Mas ouça, mãe", disse Laura. Sem fôlego, quase engasgando, ela contou a terrível história. "Claro que não podemos dar nossa festa, podemos?", implorou ela. "A banda e todo mundo chegando. Eles nos ouviriam, mãe; são quase nossos vizinhos!"

Para a surpresa de Laura, sua mãe reagiu exatamente como Jose; e mais difícil de admitir era que ela parecia se divertir. Ela negava-se a levar Laura a sério.

"Minha querida filha, use o bom senso. Soubemos da morte por um mero acaso. Se alguém ali tivesse morrido naturalmente – e eu não consigo entender como conseguem sobreviver naqueles buraquinhos apertados –, estaríamos dando a nossa festa, não?"

Laura teve de dizer "sim", mas sentia que tudo estava errado. Ela sentou-se no sofá da mãe e beliscou a franja da almofada.

"Mãe, não é terrivelmente insensível de nossa parte?", perguntou.

"Querida!" A sra. Sheridan levantou-se e aproximou-se dela, carregando o chapéu. Antes de Laura conseguir impedi-la, a mãe tinha lhe colocado o chapéu na cabeça. "Minha filha!", disse a mãe, "o chapéu é seu. Foi feito para você. É muito jovial para mim. Nunca tinha visto você tão linda. Dê uma olhada!" E levantou seu espelho de mão.

"Mas, mãe", Laura começou novamente. Ela não podia se olhar no espelho; virou-se de lado.

Desta vez a sra. Sheridan perdeu a paciência assim como acontecera com Jose.

"Você está sendo muito ridícula, Laura", disse friamente. "Esse tipo de gente não espera sacrifícios de nossa parte. E não é muito simpático estragar a diversão de todo mundo como você está fazendo agora."

"Eu não entendo", disse Laura e saiu rapidamente para seu próprio quarto. Ali, totalmente por acaso, ela viu uma adorável garota no espelho, com seu chapéu preto enfeitado com margaridas douradas e uma longa fita de veludo preto. Nunca havia imaginado que poderia se parecer assim. Ela pensou se a mãe estaria certa? Já desejava que a mãe estivesse certa. Estou sendo exagerada? Talvez fosse exagero. Por um instante teve outro vislumbre da pobre mulher e aquelas criancinhas, e do corpo sendo carregado para dentro da casa. Mas tudo parecia embaçado, irreal, como uma foto no jornal. Vou me lembrar disso novamente quando a festa acabar, decidiu ela. E, de uma certa forma, pareceu-lhe o melhor plano...

O almoço acabou por volta da uma e meia. Lá pelas duas e meia estavam todas prontas para o trabalho. A banda, em casacos verdes, tinha chegado e foi colocada em um canto da quadra de tênis.

"Minha querida!", chiou Kitty Maitland, "eles não se parecem absurdamente com sapos? Você deve tê-los encontrado ao redor da lagoa, com o maestro no meio de uma folha."

Laurie chegou e cumprimentou-as antes de ir se vestir. Ao vê-lo, Laura lembrou-se do acidente novamente. Queria contar para ele. Se Laurie concordasse com os outros, então tudo estaria certo. Seguiu-o até o saguão.

"Laurie!"

"Olá!" Estava no meio das escadas e, quando virou-se e viu Laura, subitamente inflou-se e arregalou os olhos para ela. "Meu Deus, Laura! Você está deslumbrante", disse Laurie. "Que chapéu absolutamente formidável!"

Laura disse vagamente "não é?", sorriu para ele e acabou não lhe contando nada.

Logo depois, as pessoas começaram a chegar aos montes. A banda atacou; os garçons contratados correram da casa para a tenda. Onde quer que se olhasse, havia casais caminhando, inclinando-se para as flores, cumprimentando-se, movimentando-se pelo gramado. Pareciam pássaros cintilantes que pousaram no jardim dos Sheridan por uma única tarde, a caminho de... onde? Ah, que felicidade estar com pessoas todas felizes, apertar mãos, dar beijos no rosto, sorrir.

"Laura, querida, como você está bem!"

"Que chapéu elegante, criança!"

"Laura, você parece uma espanhola. Nunca a tinha visto tão deslumbrante."

E Laura, radiante, respondia suavemente: "Já tomou chá? Não gostaria de gelo? Os sorvetes de maracujá estão realmente excelentes". Correu até o pai e implorou. "Papai, querido, não poderíamos dar algo de beber à banda?"

E a tarde perfeita lentamente amadureceu, lentamente desbotou, lentamente fechou suas pétalas.

"A festa no jardim mais encantadora..." "O maior sucesso..." "Absolutamente a mais..."

Laura ajudou a mãe com as despedidas. Ficaram juntas lado a lado na entrada até tudo acabar.

"Acabou, acabou, graças aos céus", disse a sra. Sheridan. "Reúna os outros, Laura. Vamos tomar um café fresco. Estou exausta. Sim, foi um grande sucesso. Mas, ah, essas festas, essas festas! Por que vocês crianças insistem em dar festas?" E todos sentaram-se sob a tenda deserta.

"Coma um sanduíche, papai, querido. Eu escrevi na bandeirinha."

"Obrigado." O sr. Sheridan deu uma mordida e o sanduíche desapareceu. Ele pegou outro. "Suponho que não ficaram sabendo de um horrível acidente que aconteceu hoje", disse ele.

"Meu querido", disse a sra. Sheridan, levantando a mão, "soubemos, sim. Quase arruinou a festa. Laura insistiu que cancelássemos tudo."

"Ah, mãe!" Laura não queria ser provocada sobre esse assunto.

"De toda forma, foi um acontecimento horrível", disse o sr. Sheridan. "O camarada também era casado. Morava no final da travessa, e dizem que deixou mulher e meia dúzia de criancinhas."

Um silêncio embaraçoso caiu sobre eles. A sra. Sheridan mexia na sua xícara. Realmente, que falta de tato do pai...

Subitamente, levantou os olhos. Na mesa, todos aqueles sanduíches, bolos, profiteroles, intocados, todos iriam para o lixo. Teve uma de suas brilhantes ideias.

"Já sei", disse ela. "Vamos fazer uma cesta. Vamos enviar àquela pobre criatura um pouco dessa comida. De qualquer forma, será o melhor presente para as crianças. Vocês não concordam? Com certeza, os vizinhos vão passar para visitá-la. Nada melhor que ter tudo pronto. Laura!" Ela se levantou. "Pegue para mim a cesta grande do armário da escada."

"Mas, mãe, você tem certeza que é uma boa ideia?", disse Laura.

De novo, que curioso, ela parecia ser diferente de todos eles. Aceitar os restos da festa deles. Será que a pobre mulher realmente gostaria disso?

"Claro! Qual é o problema com você hoje? Uma ou duas horas atrás você estava insistindo para que fôssemos solidários e agora..."

Ah, tudo bem! Laura foi atrás da cesta. A mãe recheou a cesta, enchendo-a.

"Leve-a você, querida", disse ela. "Vá assim como está. Não, espere, pegue os copos-de-leite também. Gente dessa classe fica tão impressionada com copos-de-leite."

"Os talos vão estragar o seu vestido de renda", disse a prática Jose.

Era verdade. Bem a tempo. "Só a cesta, então. E, Laura!" – Sua mãe seguiu-a para fora da tenda. – "De forma nenhuma..."

"O que, mãe?"

Não, melhor não colocar tais ideias na cabeça da criança! "Nada! Vá em frente."

Começava a escurecer quando Laura fechou os portões do

jardim deles. Um grande cachorro a acompanhava como uma sombra. A estrada brilhava esbranquiçada e, lá embaixo, no fundo do vale, as casinhas estavam completamente no escuro. Como tudo parecia quieto depois daquela tarde. Ali estava ela, descendo a colina rumo a um lugar com um homem morto, sem conseguir dar-se conta disso. Por que não? Parou por um minuto. Parecia-lhe que os beijos, as vozes, as colheres tinindo, os risos, o cheiro da grama esmagada estavam, de alguma forma, dentro dela. Não havia lugar para nada mais. Que estranho! Olhou para o céu pálido e tudo em que pensou foi: "Sim, a festa foi o maior sucesso".

Agora, já tinha atravessado a estrada larga. A travessa começou, fumacenta e escura. Mulheres em xales e chapéus de lã masculinos se apressavam. Homens apoiavam-se nas cercas; as crianças brincavam nas entradas das casas. Um murmúrio baixo surgia das casinhas miseráveis. Em algumas delas, havia uma centelha de luz, e uma sombra, parecida com um caranguejo, movia-se pela janela. Laura abaixou a cabeça e apressou o passo. Agora, preferiria ter vestido um casaco. Como seu vestido brilhava! E o imenso chapéu com a fita de veludo – ah, se fosse outro chapéu! As pessoas estavam olhando para ela? Devem estar. Foi um erro ter vindo; ela soube desde o início que era um erro. Deveria voltar para casa?

Não, tarde demais. Essa era a casa. Devia ser. Um grupo sombrio amontoava-se na frente. Além do portão uma velha, velha mulher sentada em uma cadeira observava. Tinha os pés sobre um jornal. As vozes pararam quando Laura se aproximou. O grupo dispersou-se. Era como se ela fosse esperada, como se já soubessem que ela viria.

Laura estava extremamente nervosa. Jogando a fita de veludo por sobre o ombro, disse para uma mulher em pé: "Esta é a casa da sra. Scott?" E a mulher, sorrindo de forma estranha, disse: "É, sim, minha donzela".

Ah, como queria estar longe! Exclamou em voz alta "ajude-me, Deus", enquanto caminhava pelo caminho minúsculo e bateu à porta. Queria estar longe desses olhares fixos ou estar coberta com qualquer coisa, até mesmo com um dos xales dessas mulheres. Vou deixar a cesta e sair, decidiu. Nem vou esperar até que a esvaziem.

Então a porta se abriu. Uma mulher baixa vestida de preto surgiu na escuridão.

Laura disse: "É a sra. Scott?" Mas, para seu horror, a mulher respondeu: "Entre, por favor, senhorita", trancando-a no corredor.

"Não", disse Laura, "não quero entrar. Só queria deixar esta cesta. Minha mãe mandou..."

A mulher baixa no corredor sombrio pareceu não ouvi-la. "Por aqui, por favor, senhorita", disse com uma voz bajuladora, e Laura seguiu-a.

Encontrou-se em uma minúscula e deplorável cozinha, iluminada por um lampião enfumaçado. Havia uma mulher sentada ao lado do fogo.

"Em", disse a criaturinha que a deixara entrar. "Em! É uma jovem dama." Virou-se para Laura. Disse-lhe seriamente: "Sou irmã dela, senhorita. Perdoe-a, por favor?"

"Ah, mas com certeza!", disse Laura. "Por favor, por favor, não a perturbe. Eu... eu só quero deixar..."

Mas nesse momento a mulher ao lado do fogo virou-se para ela. Seu rosto vermelho, com os olhos e lábios inchados, tinha uma aparência horrível. Ela parecia não entender o porquê de Laura estar ali. O que isso significava? Por que essa estranha estava na sua cozinha com uma cesta? Do que se tratava tudo isso? E o pobre rosto se contraiu novamente.

"Tudo bem, minha querida", disse a outra. "Eu agradecerei à senhorita."

E novamente começou: "Você irá perdoá-la, senhorita, tenho certeza". E seu rosto, também inchado, ensaiou um sorriso lisonjeiro.

Laura queria sair, ir embora. Ela estava de volta ao corredor. Uma porta se abriu. A mulher foi direto para o quarto, onde jazia o homem morto.

"Gostaria de dar uma olhada nele, não é?", disse a irmã de Em e passou por Laura em direção à cama. "Não tenha medo, minha donzela" – e agora sua voz soava afetuosa e dissimulada, e com carinho ela afastou o lençol –, "ele parece uma foto. Não há muito o que ver. Venha aqui, minha querida."

Laura foi.

Ali descansava um homem jovem, adormecido – dormindo tão completamente, tão profundamente, que estava longe, bem longe delas. Ah, tão distante, tão tranquilo. Ele estava sonhando. Nunca mais o acordem. Sua cabeça estava afundada no travesseiro, seus olhos fechados; cegos sob as pálpebras fechadas. Deixou-se levar pelo seu sonho. Para ele, de que importavam festas no jardim, cestas e vestidos de renda? Ele estava longe dessas coisas. Ele era maravilhoso, lindo. Enquanto elas riam e a banda tocava, essa maravilha chegara à travessa. Feliz... feliz... Tudo está bem, dizia o rosto adormecido. Tudo é como deve ser. Estou contente.

Mas, mesmo assim, você deveria chorar, e ela não poderia sair do quarto sem dizer algo para ele. Laura soltou um grande soluço infantil.

"Perdoe pelo meu chapéu", disse ela.

Dessa vez ela não esperou pela irmã de Em. Achou o caminho para fora, através do corredor, passando por aquelas pessoas sombrias. Na esquina da travessa, encontrou Laurie.

Ele surgiu do meio da escuridão. "É você, Laura?"

"Sim."

"A mãe estava ficando ansiosa. Foi tudo bem?"

"Sim, tudo. Ah, Laurie!" Ela pegou seu braço, apertou-se contra ele.

"Você não estava chorando, estava?", perguntou seu irmão.

Laura balançou a cabeça. Sim, ela tinha chorado.

Laurie pôs o braço em volta do seu ombro. "Não chore", disse ele com sua voz terna e afetuosa. "Foi horrível?"

"Não", soluçou Laura. "Foi simplesmente maravilhoso. Mas Laurie...", ela parou e olhou para o irmão, "...a vida é", gaguejou, "a vida é..." Mas não conseguiu explicar o que a vida era. Não importava. Ele entendera bem.

"Não é, querida?", disse Laurie.

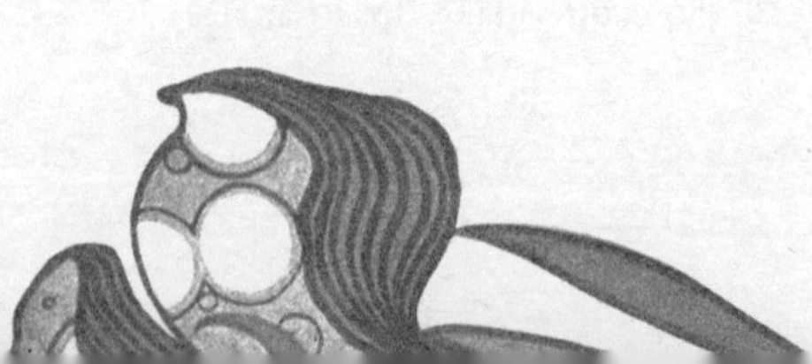

AS FILHAS DO FALECIDO CORONEL

I

A semana seguinte era uma das mais movimentadas de sua vida. Mesmo quando iam para a cama, era apenas o corpo delas que se deitava e descansava; a mente continuava a toda, analisando, conversando, se perguntando, decidindo, tentando lembrar-se onde...

Constantia deitava-se como uma estátua, com as mãos ao lado do corpo, os pés quase sobrepostos, o lençol até o queixo. Ela encarava o teto.

"Você acha que o pai se importaria se déssemos sua cartola para o porteiro?"

"O porteiro?", ralhou Josephine. "Por que o porteiro? Que ideia mais estapafúrdia!"

"Porque", disse Constantia lentamente, "ele deve ir regularmente a funerais. E percebi no... no cemitério que ele só tinha um chapéu-coco." Parou por um momento. "Pensei então em como ele apreciaria uma cartola. Deveríamos dar-lhe um presente também. Ele sempre foi tão gentil com o pai."

"Mas", gritou Josephine, afofando seu travesseiro e olhando através da escuridão para Constantia, "a cabeça do pai!" E subitamente, por um momento pavoroso, ela quase soltou uma risadinha. Não, claro, ela não tinha nenhuma vontade de dar risadinhas. Devia ser força do hábito. Anos atrás, quando ficavam acordadas à noite conversando, suas camas simplesmente saltitavam. E agora a cabeça do porteiro, desaparecendo e aparecendo, como uma vela, sob o chapéu do pai... O riso aumentou, aumentou; ela cerrou as mãos; lutou contra ele; franziu com força a testa no escuro e disse "lembre-se" terrivelmente séria.

"Nós podemos decidir amanhã", disse ela.

Constantia não notara nada; ela suspirou. "Você acha que também temos que tingir nossos roupões?"

"De preto?" Josephine quase guinchou.

"Bem, do que mais?", disse Constantia. "Estava pensando. Não me parece honesto, de certa forma, usar preto fora de casa quando estamos completamente vestidas e, quando estamos em casa..."

"Mas ninguém nos vê", disse Josephine. Ela deu um puxão tão forte nas roupas de cama que seus pés ficaram descobertos, e ela teve de se reacomodar nos travesseiros para cobri-los novamente.

"A Kate vê", disse Constantia. "E o carteiro também pode ver."

Josephine pensou em seus chinelos vermelho-escuros, que combinavam com o roupão, e nos preferidos de Constantia, de um verde indefinido, que combinavam com o roupão dela. Preto! Dois roupões pretos e dois pares de chinelos pretos de lã, arrastando-se para o banheiro como gatos pretos.

"Não acho que é absolutamente necessário", disse ela.

Silêncio. Então Constantia disse: "Teremos que colocar o anúncio nos jornais amanhã para pegar o malote para o Ceilão[15] a tempo... Quantas cartas recebemos até agora?"

"Vinte e três."

Josephine respondera a todas elas e, nas vinte e três vezes, quando chegava à frase "sentimos muitas saudades de nosso querido pai", ela desabava e tinha que usar seu lencinho e, algumas vezes, até mesmo enxugar uma lágrima azul-clara com a ponta do mata-borrão. Que estranho! Ela poderia ter colocado outra frase – mas a repetiu vinte e três vezes. E mesmo agora, quando dizia para si mesma com tristeza "sentimos muitas saudades de nosso querido pai", poderia ter chorado se quisesse.

"Você tem selos suficientes?", perguntou Constantia.

"Ah, como posso saber?", disse Josephine, zangada. "De que adianta me perguntar isso agora?"

"Estava só me perguntando", disse Constantia, contida.

Silêncio novamente. Então ouviram um pequeno barulho, um movimento rápido, um pulinho.

15 Atual Sri Lanka, país situado no Oceano Índico, próximo à costa sul da Índia. Foi colônia britânica até o ano de 1948, adotando o nome atual em 1972. (N. do T.)

"Um rato", disse Constantia.

"Não pode ser um rato porque não há nenhuma migalha", disse Josephine.

"Mas ele não sabe que não há migalhas", disse Constantia.

Um arrebatamento de piedade tomou seu coração. Pobre criaturinha! Ela desejou ter deixado um pedacinho de biscoito na penteadeira. Era horrível imaginá-lo não encontrando nada. O que ele faria?

"Não consigo entender como eles conseguem sobreviver", disse lentamente.

"Quem?", perguntou Josephine.

E Constantia respondeu mais alto do que pretendia: "Ratos".

Josephine estava furiosa. "Ah, que besteira, Con!", disse. "O que os ratos têm a ver com isso? Você está dormindo."

"Não acho que esteja", disse Constantia. Fechou os olhos para ter certeza. Ela estava.

Josephine arqueou a coluna, puxou seus joelhos, dobrou os braços de forma a colocar os pulsos sob as orelhas e pressionou a bochecha contra o travesseiro com força.

II

Outra coisa que complicava tudo era o fato de que a enfermeira Andrews estava hospedada com elas nesta semana. Era culpa delas; elas a tinham convidado. Foi ideia de Josephine.

Pela manhã... Bom, na última manhã, quando o médico partira, Josephine tinha dito para Constantia: "Você não acha que seria amável convidar a enfermeira Andrews para ficar aqui por uma semana?"

"Muito amável", disse Constantia.

"Pensei", continuou rapidamente Josephine, "que eu deveria dizer, depois de tê-la pago, à tarde: 'Minha irmã e eu adoraríamos, depois de tudo que fez por nós, enfermeira Andrews, que você fosse nossa convidada por uma semana'. Teria que dar ênfase ao fato de ela ser nossa convidada, no caso de..."

"Ah, duvido que ela espere ser paga!", gritou Constantia.

"Nunca se sabe", disse Josephine sabiamente.

A enfermeira Andrews, claro, aproveitou-se da ideia. Mas era um estorvo. Tinham de fazer todas as refeições à mesa, nos horários apropriados, sendo que, se estivessem sozinhas, poderiam simplesmente perguntar para Kate se ela não poderia trazer-lhes uma bandeja onde quer que estivessem. E, agora que a tensão acabara, os horários das refeições eram uma provação.

E a enfermeira Andrews tornava-se simplesmente pavorosa quando o assunto era manteiga. Elas não podiam deixar de sentir que, em se tratando de manteiga, ela abusava da sua gentileza. Ela tinha o hábito enlouquecedor de pedir mais um pedacinho de pão para acabar o que ainda tinha no prato e, na última mordida, sem se dar conta – claro que era sem se dar conta –, servia-se novamente. Josephine ficou muito vermelha quando isso aconteceu e fixou seus pequenos olhos redondos na toalha da mesa como se tivesse visto um minúsculo inseto se rastejando pelo tecido. Mas o rosto longo e pálido de Constantia endureceu e se alongou ainda mais, fitando longe, longe, muito além do deserto, onde aquela fila de camelos se desenrolava como um novelo de lã.

"Quando eu estava com Lady Tukes", disse a enfermeira Andrews, "ela tinha um apetrecho tão delicado para a manteiga. Era um cupido prateado que se equilibrava na... na borda de um prato de vidro, segurando uma faca minúscula. E, quando você queria um pouco de manteiga, era só apertar o seu pé que ele se abaixava e cortava-lhe um pedaço. Era uma bela brincadeira."

Josephine mal podia suportar. Mas "acho esse tipo de coisa muito extravagante" foi tudo que disse.

"Mas por quê?", perguntou a enfermeira Andrews, radiante através de seus óculos. "Certamente ninguém pegaria mais manteiga do que precisasse – não é?"

"Toque o sino, Con", exclamou Josephine. Não podia confiar em si mesma para responder.

E a jovem e orgulhosa Kate, a princesa encantada, entrou para ver o que as velhas solteironas queriam agora. Arrancou os pratos de receitas copiadas daqui e dali e jogou na mesa um horripilante manjar branco.

"Geleia, por favor, Kate", disse gentilmente Josephine.

Kate ajoelhou-se e escancarou o armário, abriu a tampa do pote de geleia, viu que estava vazio, colocou-o na mesa e retirou-se.

"Temo não haver mais", disse a enfermeira Andrews um instante depois.

"Ah, que inconveniente!", disse Josephine. Mordeu o lábio. "O que deveríamos fazer?"

Constantia parecia hesitante. "Não podemos incomodar Kate novamente", disse com suavidade.

A enfermeira Andrews aguardou, sorrindo para ambas. Seus olhos divagavam, espionando cada canto além dos óculos. Constantia, desesperada, voltou a seus camelos. Josephine franziu a testa exageradamente – concentrada. Se não fosse por essa mulher idiota, ela e Con teriam comido o manjar sem geleia, claro. De repente, a ideia surgiu.

"Já sei", disse ela. "Marmelada. Há um pouco de marmelada no armário. Vá pegá-la, Con."

"Só espero", riu a enfermeira Andrews – e sua risada soou como uma colher batendo em um vidro de remédio –, "só espero que não seja uma marmelada muito azeda."

III

Mas, no fim das contas, agora não faltava muito para ela ir embora de vez. E não havia como esquecer que ela tinha sido muito boa para o pai. No final, cuidava dele dia e noite. Na verdade, tanto Constantia quanto Josephine sentiam, intimamente, que ela tinha exagerado ao não deixá-lo sozinho no momento derradeiro. Afinal, quando elas foram se despedir do pai, a enfermeira Andrews permaneceu sentada ao lado da cama dele durante todo o tempo, segurando-lhe o pulso e fingindo olhar para o relógio. Não havia necessidade. Tinha sido muito insensível. E se o pai tivesse algo... algo particular para lhes falar? Não que ele tivesse, realmente. Ah, longe disso! Ali estava ele, roxo, uma cor arroxeada, raivosa e escura no rosto e nem sequer olhou para elas quando entraram. Então, enquanto estavam ali, em pé, perguntando-se o que fazer, ele subitamente abriu um olho. Ah, que diferença teria feito, que diferença para as lembranças que teriam dele, quão mais fácil seria contar para as pessoas se ele tivesse aberto ambos os olhos. Mas não. Só um olho. Olhou feio para elas por um instante e então... apagou.

IV

Tal fato tornou-se muito embaraçoso para elas quando o sr. Farolles, da Igreja de Saint John, visitou-as nessa mesma tarde.

"O fim deu-se com muita paz, acredito", foram as primeiras palavras que disse ao aproximar-se delas na escura sala de estar.

"Muita", disse Josephine vagamente. Ambas abaixaram a cabeça. Tinham certeza de que aquele olho não era, de maneira nenhuma, um olho em paz.

"Não gostaria de sentar-se?", disse Josephine.

"Obrigado, srta. Pinner", agradeceu o sr. Farolles. Segurou a cauda do casaco e começou a abaixar-se na poltrona do pai, mas levantou-se rapidamente no momento em que tocou nela, deslizando para a cadeira ao lado.

Ele tossiu. Josephine apertou as mãos. Constantia parecia distraída.

"Quero que perceba, srta. Pinner", disse o sr. Farolles, "e você também, srta. Constantia, que estou tentando ajudá-las. Gostaria de ser útil a ambas, se assim quiserem. É nesses momentos", disse o sr. Farolles, com muita clareza e sinceridade, "que Deus pede que nos ajudemos uns aos outros."

"Muito obrigada, sr. Farolles", disseram Josephine e Constantia.

"Por nada", disse gentilmente o sr. Farolles. Retirou as luvas de criança dos dedos e inclinou-se para elas. "E se quiserem a comunhão, uma de vocês ou mesmo ambas, aqui e agora, basta me dizer. A comunhão é sempre de grande ajuda – um enorme conforto", adicionou carinhosamente.

Mas a ideia de tomar a comunhão as aterrorizou. O quê? Na sala de estar, sozinhas, sem altar, sem nada. O piano seria muito alto, pensou Constantia, e o sr. Farolles não conseguiria apoiar-se nele com o cálice. E, com certeza, Kate entraria bruscamente e os interromperia, pensou Josephine. E se a campainha soasse no meio? Poderia ser alguém importante; a respeito do luto. Elas deveriam se levantar respeitosamente e sair ou esperar – o que seria uma tortura?

"Vocês poderiam, talvez, mandar um aviso pela bondosa Kate se quiserem comungar mais tarde", disse o sr. Farolles.

"Ah, sim, muito obrigada!", ambas disseram.

O sr. Farolles levantou-se e pegou seu chapéu preto da mesa redonda.

"E quanto ao funeral", disse suavemente, "posso providenciar, como velho amigo do seu querido pai e de vocês, srta. Pinner... e srta. Constantia."

Josephine e Constantia levantaram-se também.

"Gostaria que fosse muito simples", disse Josephine, decidida, "e não muito caro. Ao mesmo tempo, gostaria..."

"De algo que será lembrado", pensou a sonhadora Constantia, como se Josephine estivesse comprando uma camisola. Mas, claro, Josephine não disse isso. "Algo condizente com a posição de nosso pai." Estava muito nervosa.

"Vou visitar nosso bom amigo sr. Knight", disse o sr. Farolles tranquilamente. "Vou pedir-lhe que venha vê-las. Asseguro-lhes de que ele será realmente muito prestativo."

V

Bom, de qualquer forma, toda essa parte havia acabado, apesar de nenhuma delas conseguir acreditar que o pai nunca mais voltaria. Josephine passara por um momento de absoluto pânico no cemitério, quando o caixão estava sendo abaixado, ao pensar que nem ela nem Constantia tinham pedido a permissão do pai para fazer o enterro.

O que o pai diria quando descobrisse? Porque ele descobriria cedo ou tarde. Ele sempre descobria. "Enterrado. Vocês, garotas, me enterraram!" Ela ouviu a bengala dele batendo. Ah, o que ele diria? Que desculpa elas poderiam dar? Tudo soava como algo extremamente insensível a se fazer. Como se tivessem tirado proveito perversamente de alguém que estava indefeso no momento. As outras pessoas pareciam agir como se tudo fosse natural. Eles eram estranhos; ninguém esperava que eles entendessem que o pai era a última pessoa a quem isso aconteceria. Não, toda a culpa iria recair sobre ela e Constantia. E a despesa, pensou ela, ao entrar na carruagem apertada. Quando ela tivesse de lhe mostrar as contas. O que ele diria, então?

Ela o ouviu simplesmente urrando. "E você espera que eu pague por essa sua excursão fajuta?"

"Ah", a pobre Josephine gemeu alto, "não deveríamos ter feito isso, Con!"

E Constantia, amarela como uma lima no meio de todo aquele luto, sussurrou amedrontada: "Feito o que, Jug?"

"Deixá-los en-enterrar o pai assim", disse Josephine, desabando e chorando no seu novo lencinho de luto fedido.

"Mas o que poderíamos ter feito além disso?", perguntou Constantia, pensativa. "Não podíamos deixar de enterrá-lo, Jug – não poderíamos tê-lo guardado. De qualquer forma, não num apartamento daquele tamanho."

Josephine assoou o nariz; a carruagem era extremamente sufocante.

"Eu não sei", disse ela, desamparada. "É tudo tão horrível. Sinto que deveríamos ter tentado, por um tempo, pelo menos. Para ter certeza. Uma coisa é certa" – e suas lágrimas surgiram novamente –, "o pai nunca vai nos perdoar. Nunca!"

VI

O pai nunca iria perdoá-las. Era o que sentiam mais do que nunca quando, duas semanas depois, foram até seu quarto para examinar suas coisas. Tinham conversado calmamente sobre o assunto. Constava até da lista de tarefas a fazer de Josephine "examinar as coisas do pai e dar-lhes um destino". Mas fazê-lo era muito diferente de falar sobre isso depois do café da manhã.

"Bom, você está pronta, Con?"

"Sim, Jug. Quando você estiver."

"Então acho que é melhor terminarmos logo com isso."

O saguão estava escuro. Durante anos, a regra era "não perturbar o pai pela manhã, não importa o que aconteça". E agora iriam abrir a porta sem nem mesmo bater... Os olhos de Constantia se arregalaram com a ideia; Josephine tinha as pernas bambas.

"Você... você vai primeiro", sussurrou ela, empurrando Constantia.

Mas Constantia disse, como sempre dizia em tais ocasiões: "Não, Jug, não é justo. Você é a mais velha."

Josephine ia dizer "mas você é a mais alta" – algo que, em outras ocasiões, ela não admitiria por nada desse mundo, algo que ela guardava para si como última cartada –, quando perceberam que a porta da cozinha estava aberta, com Kate ali, parada...

"Está emperrada", disse Josephine, agarrando a maçaneta

e se esforçando para girá-la. Como se alguma coisa pudesse enganar Kate!

Não dava para evitar. Aquela garota era... Então a porta fechou-se atrás delas, mas... mas elas não se encontravam no quarto do pai. Pareciam ter subitamente atravessado a parede por engano e entrado em um apartamento completamente diferente. A porta estava logo atrás delas? Estavam apavoradas demais para olhar. Josephine sabia que, se a porta estava realmente ali, continuaria trancada. Constantia sentia que, como as portas nos sonhos, ela não teria nenhuma maçaneta. Era o frio que tornava tudo tão horrível. Ou a brancura – qual dos dois? Tudo estava coberto. As persianas estavam abaixadas, um pano cobria o espelho, um lençol escondia a cama; um leque imenso de papel branco entulhava a lareira. Constantia, acanhada, estendeu a mão; praticamente esperava que um floco de neve caísse em seus dedos. Josephine sentiu o nariz formigar, como se ele estivesse congelando. Então uma carruagem "poc-poc" nos paralelepípedos lá embaixo, e o silêncio pareceu se desfazer em pedacinhos.

"Acho melhor abrir uma persiana", disse Josephine bravamente.

"Sim, pode ser uma boa ideia", sussurrou Constantia.

Apenas deram um leve toque na persiana e ela subiu vertiginosamente, seguida da corrente, que se enrolou no comando, fazendo com que o pingente batesse para todo lado, como se tentasse se libertar. Era demais para Constantia.

"Você não acha... você não acha que devemos adiar por mais um dia?", murmurou.

“Por quê?”, esbravejou Josephine, sentindo-se, como sempre, muito melhor agora que tinha certeza de que Constantia estava aterrorizada. “É preciso ser feito. Mas eu preferiria que você não sussurrasse, Con.”

“Não sabia que estava sussurrando”, sussurrou Constantia.

“E por que você continua olhando para a cama?”, disse Josephine, aumentando a voz quase como uma provocação. “Não há nada na cama.”

“Ah, Jug, não diga isso!”, disse a pobre Connie. “De qualquer forma, não tão alto.”

Josephine sentiu que tinha ido longe demais. Virou-se bruscamente para a cômoda, estendeu a mão, mas logo recolheu-a novamente.

“Connie!”, disse ofegante e, virando-se de costas, apoiou-se na cômoda.

“Ah, Jug! O que foi?”

Josephine só conseguia ficar parada, com os olhos arregalados. Teve a extraordinária sensação de que tinha escapado de algo simplesmente terrível.

Mas como explicaria a Constantia que o pai estava na cômoda? Ele estava na gaveta de cima com seus lencinhos e gravatas ou com suas camisas e pijamas logo abaixo, ou mesmo na gaveta inferior com todos os ternos. Ele as observava ali, escondido – logo atrás da maçaneta da porta –, pronto para surpreendê-las.

Ela olhou para Constantia fazendo uma careta antiquada, das que fizera no passado quando estava prestes a chorar.

“Não posso abrir”, quase choramingou.

"Não, não abra, Jug", sussurrou Constantia com sinceridade. "É melhor não. Não vamos abrir nada. De qualquer forma, por um bom tempo."

"Mas... mas isso soa como uma fraqueza", disse Josephine, nervosa.

"E por que não ser fraca pelo menos uma vez, Jug?", defendeu Constantia, sussurrando vigorosamente. "Se é que estamos sendo fracas." Seu olhar pálido moveu-se da escrivaninha trancada – tão segura – para o imenso armário cintilante, e ela começou a respirar de forma anormal, ofegante. "Por que não podemos ser fracas uma vez na vida, Jug? É compreensível. Sejamos fracas. Sejamos fracas, Jug. É mais agradável ser fraco que forte."

E então fez algo tão ousado que só fizera o mesmo duas vezes antes na vida: marchou até o armário, virou a chave e tirou-a da fechadura. Tirou-a da fechadura e a exibiu para Josephine, mostrando-lhe com um sorriso extraordinário que sabia muito bem o que tinha feito – tinha se arriscado deliberadamente a encontrar o pai ali, entre os casacos.

Se o imenso armário tivesse cambaleado para a frente, tivesse caído sobre Constantia, Josephine não teria se surpreendido. Pelo contrário, pensaria ser a única consequência adequada. Mas nada aconteceu. Apenas o quarto parecia mais quieto do que nunca, e ondas mais fortes de ar frio caíam sobre os ombros e joelhos de Josephine. Ela começou a tremer.

"Venha, Jug", disse Constantia, ainda com o mesmo horrível e cruel sorriso, e Josephine a seguiu como da última vez, quando Constantia empurrara Benny na lagoa redonda.

VII

Mas a tensão as capturou quando voltaram à sala de jantar. Sentaram-se, estremecidas, e olharam uma para a outra.

"Não me sinto apta a resolver nada", disse Josephine, "até tomar algo. Você acha que podemos pedir duas xícaras de água quente para Kate?"

"Não vejo por que não deveríamos", disse Constantia calmamente. Voltara quase à normalidade. "Não vou tocar. Irei à porta da cozinha para pedir-lhe."

"Sim, por favor", disse Josephine, afundando-se em uma cadeira. "Peça-lhe apenas duas xícaras, Con, nada mais – em uma bandeja."

"Ela nem precisa trazer o bule, não é?", disse Constantia, como se Kate fosse reclamar caso lhe pedissem o bule.

"Ah, não, com certeza não! O bule não é realmente necessário. Ela pode colocar o chá direto da chaleira", exclamou Josephine, sentindo que era realmente mais produtivo.

Seus lábios frios tremiam nas bordas esverdeadas. Josephine envolveu a xícara com suas mãozinhas vermelhas; Constantia sentou-se e soprava a fumaça do vapor, fazendo-a tremular de um lado para o outro.

"Falando de Benny...", disse Josephine.

E, apesar de não terem falado de Benny, imediatamente Constantia reagiu como se tivessem.

"Ele espera que nós enviemos algo do pai, claro. Mas é tão difícil saber o que enviar para o Ceilão."

"Você quer dizer que as coisas se quebram na viagem?", murmurou Constantia.

"Não, *perdem-se*", disse Josephine abruptamente. "Você sabe que lá não há correio. Só entregadores."

Ambas pararam para ver um homem negro de ceroulas correndo como um louco pelos campos com um imenso pacote de papel pardo nas mãos. O homem negro de Josephine era pequeno; ele corria reluzindo como uma formiga. Mas havia algo enganoso e incansável no sujeito alto e magro de Constantia, algo que o tornava, decidiu ela, uma pessoa realmente desagradável... Benny estava no alpendre, vestido de branco e usando um chapéu colonial. Sacudia sua mão direita para cima e para baixo, como o pai fazia quando estava impaciente. E atrás dele, nem um pouco interessada, sentava-se Hilda, a cunhada que não conheciam. Balançava-se numa cadeira de balanço de vime, folheando a *Tatler*[16].

"Acho que esse relógio seria um ótimo presente", disse Josephine.

Constantia levantou os olhos; parecia surpresa.

"Ah, você confiaria um relógio de ouro a um nativo?"

"Claro que o camuflaria", disse Josephine. "Ninguém saberia que é um relógio." Ela gostou da ideia de ter que fazer um pacote com um formato tão diferente que ninguém adivinharia o que era. Até pensou por um instante em esconder o relógio em uma caixa de espartilho estreita que guardara há um bom

16 Revista britânica publicada desde 1901. (N. do T.)

tempo, esperando pela oportunidade de usá-la. Era feita de uma cartolina tão bonita e firme. Mas não, não seria apropriada para esta ocasião. Havia algo inscrito nela: "Feminino médio 28. Fechos extrafortes". Benny teria uma surpresa e tanto ao abrir a caixa e encontrar o relógio do pai.

"Quero dizer, claro que a caixa não seria enviada fazendo tique-taque", disse Constantia, que ainda estava pensando no amor dos nativos por joias. "Pelo menos", acrescentou, "seria estranho se continuasse fazendo tique-taque até chegar lá."

VIII

Josephine não respondeu. Tinha se perdido em uma de suas tangentes. Havia subitamente pensado em Cyril. Não era melhor que o único neto ficasse com o relógio? O adorável Cyril era tão agradecido, e um relógio de ouro tinha tanto valor para um jovem rapaz. Muito provavelmente Benny nem tem mais o costume de usar relógio; os homens raramente vestiam coletes nesses países quentes. Enquanto que, em Londres, Cyril os usava ano após ano. E seria tão agradável para ela e Constantia, quando ele viesse para o chá, saber que o relógio estava ali. "Estou vendo que está com o relógio de seu avô, Cyril." De alguma forma, seria uma satisfação.

Que garoto querido! Mesmo surpreendente, seu bilhete fora tão simpático e doce! Claro que elas compreendiam, mas foi realmente lamentável.

"Teria sido tão significativo contar com sua presença", disse Josephine.

"E ele teria se divertido tanto", disse Constantia, sem saber o que estava dizendo.

De qualquer forma, assim que retornasse, viria tomar chá com suas tias. Chá com Cyril era um de seus raros prazeres.

"Veja, Cyril, você não precisa ficar acanhado com os nossos bolos. Sua tia Con e eu os compramos essa manhã mesmo na Buszard's. Nós sabemos como é o apetite de um homem. Então não tenha vergonha de comer o quanto quiser."

Josephine cortou afobada o suntuoso bolo de chocolate, que parecia com suas luvas de inverno ou com o solado dos únicos sapatos respeitáveis de Constantia. Mas o apetite de Cyril em nada se assemelhava ao apetite de um homem.

"Estou dizendo, tia Josephine, simplesmente não consigo. Acabei de almoçar."

"Ah, Cyril, não pode ser verdade! Passa das quatro", protestou Josephine. Constantia sentou-se com a faca sobre o rocambole de chocolate.

"Mesmo assim é verdade", disse Cyril. "Tive uma reunião com um homem em Victoria e ele me deteve até quase... Foi só o tempo de almoçar e vir para cá. E ele... pfff!" – Cyril colocou a mão sobre a testa. – "Nem apareceu."

Era decepcionante – especialmente hoje. Mesmo assim, ele não poderia adivinhar.

"Mas você vai comer um pouco do suspiro, não é, Cyril?", disse a tia Josephine. "Esses suspiros foram comprados especialmente para você. Seu querido pai gostava tanto deles. Temos certeza de que você vai gostar também."

"Eu como, tia Josephine", exclamou Cyril com entusiasmo. "Você se importa se eu começar comendo só metade de um?"

"Claro que não, meu querido; mas não vamos deixá-lo comer só isso."

"Seu querido pai ainda gosta tanto de suspiros?", perguntou gentilmente a tia Con. Ela se encolheu de vergonha ao sair da sua casca.

"Bem, eu não teria como saber, tia Con", disse Cyril tranquilamente.

Ao ouvir isso, ambas levantaram os olhos.

"Como assim?", Josephine quase se zangou. "Como não poderia saber algo tão simples sobre seu próprio pai, Cyril?"

"Certamente", disse a tia Con suavemente.

Cyril tentou levar na brincadeira. "Ah, bem", disse ele, "faz tanto tempo desde..." Ele titubeou. Parou. A expressão das tias era demais para ele.

"Mesmo assim", disse Josephine.

E a tia Con apenas observava.

Cyril pousou a xícara. "Um momento", suplicou. "Um momento, tia Josephine. O que tinham perguntado mesmo?"

Olhou para elas. Começavam a se animar. Cyril deu um tapa no joelho.

"Ah, claro", disse, "suspiros. Como poderia me esquecer? Sim, tia Josephine, tem toda razão. Meu pai simplesmente adora suspiros."

Elas não ficaram apenas radiantes. Tia Josephine ficou vermelha de prazer; tia Con suspirou profundamente, profundamente.

"E agora, Cyril, você precisa ver o pai", disse Josephine. "Ele sabe que você viria hoje."

"Certo", disse Cyril, com firmeza e afeição. Levantou-se da cadeira; de repente, deu uma olhada no relógio.

"Diga, tia Con, o seu relógio não está atrasado? Tenho que encontrar um homem em... em Paddington logo depois das cinco. Temo não poder ficar muito tempo com o avô."

"Ah, ele não espera que você se demore muito!", disse a tia Josephine.

Constantia continuou a olhar para o relógio. Não podia se decidir se estava atrasado ou adiantado. Uma coisa ou outra, tinha certeza. De qualquer forma, não estava no horário.

Cyril se demorava. "Não vem comigo, tia Con?"

"Claro", disse Josephine, "claro que vamos. Venha, Con."

IX

Bateram à porta, e Cyril seguiu suas tias até o quarto quente e de odor adocicado do avô.

"Entrem", disse o avô Pinner. "Não fiquem aí. O que foi? O que andam fazendo?"

Estava sentado em frente à lareira acesa, segurando sua bengala. Tinha um tapete grosso sobre os joelhos. E, no colo, um bonito lencinho amarelo-claro de seda.

"É Cyril, pai", disse Josephine timidamente. Pegou a mão de Cyril, conduzindo-o.

"Boa tarde, avô", disse Cyril, tentando soltar sua mão de tia Josephine. O avô Pinner observou-o da forma pela qual era conhecido, fuzilando-o com os olhos. Onde estava a tia Con? Ficara do outro lado da tia Josephine; os longos braços estendidos à frente do corpo; as mãos tensas. Ela não tirava os olhos do coronel.

"Bem", disse o avô Pinner, começando a bater a bengala no chão, "o que tem para me dizer?"

O que, o que ele tinha pra lhe dizer? Cyril começou a sorrir como um perfeito imbecil. O quarto estava sufocante.

A tia Josephine veio socorrê-lo. Exclamou, agitada: "Cyril nos disse que seu pai ainda adora suspiros, querido pai".

"Hã?", balbuciou o avô Pinner, arqueando a mão, que parecia um suspiro roxo, sobre a orelha.

Josephine repetiu: "Cyril disse que seu pai ainda adora suspiros".

"Não ouço nada", disse o velho coronel Pinner. E afastou Josephine com a bengala, apontando-a para Cyril. "Conte-me o que ela está tentando dizer", disse.

(Meu Deus!) "Preciso mesmo?", disse Cyril, enrubescendo, encarando a tia Josephine.

"Sim, querido", sorriu ela. "Isso vai agradá-lo tanto."

"Ande, fale logo!", gritou irritado o coronel Pinner, batendo a bengala novamente.

Cyril se inclinou e berrou: "Meu pai ainda adora suspiros".

O avô Pinner pulou como se tivesse levado um tiro.

"Não grite!", berrou ele. "Qual o problema com o garoto? Suspiros! O que há com os suspiros?"

"Ah, tia Josephine, precisamos continuar?", Cyril gemeu desesperado.

"Está tudo bem, meu querido", disse a tia Josephine, como se ambos estivessem juntos no dentista. "Ele vai entender em um minuto." E sussurrou para Cyril: "Ele está ficando um pouco surdo, entende?" Então, ela se inclinou e realmente gritou no ouvido do avô Pinner: "Cyril só queria lhe dizer, querido pai, que o pai dele ainda adora suspiros".

Desta vez, o coronel Pinner ouviu, ouviu e matutou, olhando Cyril de cima a baixo.

"Que coisa mais extraaaaordinária!", disse o velho avô Pinner. "Que coisa mais extraaaaordinária vir até aqui para me dizer isso!"

E Cyril concordou com ele.

"Sim, devo mandar o relógio para Cyril", disse Josephine.

"Seria muito gentil", disse Constantia. "Lembro-me que, na última vez que ele apareceu, havia algum problema com o horário."

X

Foram interrompidas por Kate, que, como sempre fazia,

surgiu subitamente pela porta como se tivesse descoberto alguma passagem secreta na parede.

"Frito ou cozido?" perguntou a voz petulante.

Frito ou cozido? Josephine e Constantia ficaram desnorteadas por um instante. Nem sequer conseguiam entendê-la.

"Frito ou cozido o que, Kate?" perguntou Josephine, tentando começar a se concentrar.

Kate fungou alto. "Peixe."

"Bom, por que não disse logo?" Josephine repreendeu-a delicadamente. "Como você esperava que entendêssemos, Kate? Há inúmeras coisas nesse mundo que podem ser fritas ou cozidas, sabia?" E, depois de tal demonstração de coragem, disse animada para Constantia: "O que você prefere, Con?"

"Acho que seria bom ter peixe frito", disse Constantia. "Por outro lado, claro, peixe cozido é muito gostoso. Acho que gosto de ambos da mesma forma... A não ser que você... Nesse caso..."

"Vou fritá-lo", disse Kate e saiu, deixando a porta delas aberta e batendo a porta da cozinha com força.

Josephine olhou para Constantia; levantou as sobrancelhas pálidas até que se confundiram com seus cabelos pálidos. Levantou-se. Disse com uma voz muito altiva, imponente: "Você se importa em ir comigo até a sala de estar, Constantia? Tenho algo muito importante a discutir com você".

Era sempre na sala de estar que se refugiavam quando queriam falar sobre Kate.

Josephine fechou a porta com um gesto grave. "Sente-se, Constantia", disse ela, ainda muito solene. Era como se conversasse com Constantia pela primeira vez. Con olhou em volta, distraída, procurando por uma cadeira, como se de fato se sentisse uma estranha.

"Agora, a questão é", disse Josephine, inclinando-se, "se devemos mantê-la ou não."

"Essa é a questão", concordou Constantia.

"E desta vez", disse Josephine com firmeza, "devemos chegar a uma decisão final."

Pareceu por um momento que Constantia começaria a rever todas as vezes anteriores, mas se recompôs e disse: "Sim, Jug".

"Veja bem, Con", explicou Josephine, "tudo está tão mudado agora." Constantia levantou os olhos rapidamente. "Quero dizer", continuou Josephine, "não dependemos de Kate como antes." E corou ligeiramente. "Não é preciso cozinhar para o pai."

"É verdade", concordou Constantia. "O pai certamente não precisa que cozinhem nada agora, nem nada do gênero..."

Josephine interrompeu-a bruscamente: "Você não está dormindo, está, Con?"

"Dormindo, Jug?" Constantia arregalou os olhos.

"Bom, concentre-se mais", disse Josephine com severidade e voltou ao assunto. "A questão é: se nós" – e mal respirava, espreitando a porta – "demitíssemos Kate" – voltou a elevar a voz –, "poderíamos cuidar da nossa própria comida."

"Por que não?", clamou Constantia. Ela não conseguia parar de sorrir. A ideia era tão excitante. Apertou as mãos. "Do que vamos viver, Jug?"

"Ah, ovos, de várias formas!", disse Jug, novamente imponente. "Além disso, há tanta comida pronta."

"Mas sempre ouvi dizer", disse Constantia, "que é tão cara."

"Não se comprarmos com moderação", disse Josephine. Mas distanciou-se desse fascinante desvio e arrastou Constantia consigo.

"O que precisamos decidir agora, no entanto, é se podemos confiar em Kate ou não."

Constantia reclinou-se. Sua risadinha insossa voou-lhe dos lábios. "Não é curioso, Jug", disse ela, "que, quanto a esse único assunto, eu nunca tenha conseguido me decidir?"

XI

Nunca tivera, realmente. A grande dificuldade era provar qualquer coisa. Como alguém prova algo, como é possível? Suponhamos que Kate fizesse uma careta bem na sua frente, propositalmente. Ela não poderia estar sentindo alguma dor? De qualquer jeito, não seria impossível perguntar a Kate se era para ela que estava fazendo a careta? Se Kate respondesse "não" – e, claro, ela diria "não" –, que situação! Que indigno! Além disso, Constantia suspeitava, tinha quase certeza, de que Kate mexia na sua cômoda quando ela e Josephine estavam fora, não para roubar, mas para bisbilhotar. Várias vezes, ela tinha retornado e encontrado sua cruz de ametista nos lugares mais inusitados, sob seus laços de cetim ou em cima da gola de renda. Mais de uma vez, ela havia preparado uma armadilha para Kate. Ordenara as coisas em uma ordem específica e chamara Josephine para servir de testemunha.

"Está vendo, Jug?"

"Certamente, Con."

"Agora teremos como saber."

Mas, ó céus, quando ia verificar, estava tão longe quanto antes de ter uma prova! Se algo estava fora do lugar, poderia muito bem ter acontecido quando ela fechara a gaveta; um tranco poderia ter tido o mesmo efeito facilmente.

"Venha, Jug, e decida. Eu não consigo. É muito difícil."

Mas, depois de parar e dar uma boa olhada, Josephine suspirava: "Agora você me deixou em dúvida, Con, asseguro-lhe que também não posso afirmar nada".

"Bom, não podemos adiar novamente", disse Josephine. "Se adiarmos desta vez..."

XII

Nesse exato momento, na rua, um realejo começou a tocar. Josephine e Constantia levantaram-se ao mesmo tempo.

"Corra, Con", disse Josephine. "Vá logo. Há uma moeda de seis centavos[17] na..."

Então, lembraram-se. Não importava. Nunca mais teriam que parar o homem do realejo. Nunca mais, nem ela nem

17 *Sixpence*, no original. Até 1971, essa moeda equivalia a um quadragésimo (1/40) de uma libra, já que o sistema monetário britânico não seguia o sistema decimal. (N. do T.)

Constantia, teriam que lhe pedir para levar aquele macaco e sua barulheira para outro lugar. Nunca mais ouviriam os gritos fortes e esquisitos do pai quando achava que elas não se apressavam o suficiente para reclamar. O homem do realejo poderia tocar durante o dia todo e elas não ouviriam os golpes da bengala.

"A bengala não vai mais bater,

A bengala não vai mais bater",

tocava o realejo.

No que Constantia estava pensando? Tinha um sorriso tão estranho nos lábios; parecia diferente. Ela não poderia estar começando a chorar.

"Jug, Jug", disse Constantia suavemente, apertando as mãos uma contra a outra. "Você sabe que dia é hoje? É sábado. Passou-se uma semana, uma semana inteira."

"Uma semana desde que o pai morreu,

Uma semana desde que o pai morreu",

berrava o realejo. E Josephine também se esqueceu de ser prática e sensata; sorriu levemente, de um jeito estranho. Um quadrado de luz do sol, vermelho-claro, caiu sobre o tapete persa; ele veio, foi-se, voltou – e manteve-se ali, ficando mais forte – até exibir um brilho dourado.

"O sol saiu", disse Josephine, como se realmente importasse.

Um jorro perfeito de notas borbulhantes sacudia-se do realejo, notas luminosas, redondas, esparramadas sem ordem.

Constantia levantou as grandes mãos frias como se quisesse agarrá-las, e então abaixou-as novamente. Foi até a lareira e ficou diante do seu Buda preferido. E a imagem de pedra banhada a ouro, cujo sorriso lhe dava uma sensação estranha, quase uma dor – uma dor agradável, no entanto –, parecia fazer mais que apenas sorrir hoje. Ele sabia algo; ele escondia um segredo. "Eu sei algo que você não sabe", disse seu Buda. Ah, o que era, o que poderia ser? E ela sempre sentira que havia… algo.

A luz do sol atravessava as janelas, esgueirava-se, irradiava sobre a mobília e as fotografias. Josephine observava. Quando a luz chegava à ampliação da fotografia da mãe sobre o piano, pairava ali como se ficasse perplexa por ver como restara pouco da mãe, à exceção dos brincos em forma de pequenos pagodes e um boá preto de penas. Josephine perguntava-se: por que as fotografias dos mortos desbotavam tanto? Assim que uma pessoa morria, sua fotografia também morria. Mas, claro, essa foto da mãe era muito velha. Tinha trinta e cinco anos. Josephine lembrava-se de subir em cima de uma cadeira e apontar para o boá, dizendo para Constantia que era uma cobra que tinha matado a mãe delas no Ceilão... Teria sido tudo diferente se a mãe não tivesse morrido? Ela não via por quê. Tia Florence tinha morado com elas até que saíram da escola, e elas se mudaram três vezes e tinham suas férias anuais e... e houve mudanças de criados, claro.

Pardais, que soavam como pardais novinhos, piavam no peitoril. "Pii, pii, pii." Mas Josephine sentia que não eram pardais, não no peitoril da janela. Estavam dentro dela, aqueles gritinhos chorosos. "Pii, pii, pii." Ah, por que aquele choro, tão fraco e desamparado?

Se a mãe tivesse vivido, elas teriam se casado? Mas não

havia ninguém para se casar com elas. Havia os amigos anglo-indianos antes de o pai brigar com eles. Mas, depois disso, ela e Constantia nunca mais encontraram outro homem solteiro que não fosse do clero. Como poderiam encontrá-los? E, mesmo que os encontrassem, como poderiam conhecê-los o suficiente para ser mais que estranhos? Liam sobre pessoas tendo aventuras, sendo cortejadas e muito mais. Mas ninguém jamais cortejou Constantia e ela. Ah, sim, houve um ano em Eastbourne, quando um homem misterioso na pensão em que ficaram colocou um bilhete na jarra de água quente em frente à porta do quarto delas! Mas, quando Connie achou o bilhete, o vapor já tinha quase apagado as letras; elas não conseguiram descobrir para quem era endereçado. E ele foi embora no dia seguinte. E isso foi tudo. No resto do tempo, tiveram que cuidar do pai e, ao mesmo tempo, ficar longe do seu caminho. E agora? E agora? O sol furtivo tocou Josephine gentilmente. Ela levantou o rosto. Foi atraída à janela por raios suaves...

Até o realejo parar de tocar, Constantia ficou em frente ao Buda, refletindo, mas não como sempre, não de maneira superficial. Dessa vez, suas reflexões eram repletas de saudades. Ela lembrou-se das vezes em que estivera ali, depois de sair sorrateiramente da cama só de camisola em noites de lua cheia, deitando-se no chão com os braços estendidos, como se tivesse sido crucificada. Por quê? A grande lua pálida a tinha obrigado. As horríveis figuras dançando no biombo entalhado olhavam para ela lascivamente, mas ela não se importava. Lembrou-se também como, sempre que iam para o litoral, ela saía sozinha e chegava o mais perto possível do mar, cantando algo, algo que inventara, enquanto observava aquela água agitada. Havia toda essa outra vida, correr para todo lado, trazer sacolas para casa, pedir a aprovação para certas coisas, discuti-las com Jug e depois levar outras coisas para serem aprovadas, arrumar as bandejas para o pai, tentando não irritá-lo. Mas tudo parecia ter acontecido em uma espécie de túnel. Não era real. Somente quando ela saía do túnel e dirigia-se para o luar, o mar ou uma tempestade é que ela se sentia ela mesma. O que isso significava? O que ela continuava a querer? Para onde isso levava? Agora? Agora?

Ela afastou-se do Buda com um de seus gestos indefinidos. Foi até onde Josephine estava. Queria dizer algo a Josephine, algo extremamente importante, sobre... sobre o futuro e o que...

"Você não acha que talvez...", começou.

Mas Josephine a interrompeu. "Estava me perguntando se agora...", murmurou ela. Elas pararam, esperaram uma pela outra.

"Continue, Con", disse Josephine.

"Não, não, Jug; depois de você", disse Constantia.

"Não, diga o que ia dizer. Você começou", disse Josephine.

"Eu... eu prefiro ouvir o que você ia dizer primeiro", disse Constantia.

"Não seja ridícula, Con."

"De verdade, Jug."

"Connie!"

"Ah, Jug!"

Uma pausa. Então Constantia disse baixinho: "Não posso dizer o que ia dizer, Jug, porque eu esqueci o que era... o que ia dizer."

Josephine ficou em silêncio por um momento. Olhou fixamente para uma grande nuvem que encobrira o sol. Então respondeu brevemente: "Também esqueci".

SR. E SRA. POMBO

Claro que ele sabia – ninguém melhor que ele para saber – que não tinha a mínima chance. A simples ideia era absurda. Tão absurda que ele entenderia perfeitamente se o pai dela... Bom, ele entenderia qualquer decisão do pai dela. Na verdade, nada além do desespero, nada além do fato deste ser definitivamente o seu último dia na Inglaterra por sabe-se lá quanto tempo é o que o faria meter os pés pelas mãos. E mesmo assim... Ele escolheu uma gravata da cômoda, uma gravata xadrez creme e azul, e sentou-se do lado da cama. E, se ela respondesse "que impertinência!", ele ficaria surpreso? Nem um pouco, decidiu, virando o colarinho para cima e ajustando-o sobre a gravata. Ele esperava que ela dissesse algo assim. Ele não conseguia imaginar, olhando racionalmente para a situação, o que mais ela poderia dizer.

Aqui estava ele! Nervoso, deu o nó na gravata em frente ao espelho, arrumou o cabelo com as mãos, tirou as abas dos bolsos do casaco para fora. Ganhava entre quinhentas e seiscentas libras por ano na produção de frutas – logo onde? – na Rodésia[18]. Sem capital. Sem lucrar um centavo. Sem chance de aumentar a renda por pelo menos quatro anos. Quanto à sua aparência e todo esse tipo de coisas, ele estava fora da competição. Não podia sequer se gabar de ter uma saúde de ferro, já que os negócios na África Oriental tinham-no derrubado de forma tão arrasadora que teve que tirar seis meses de licença. Estava terrivelmente pálido – pior que o normal nesta tarde, pensou ele, inclinando-se para a frente e dando uma olhada no espelho. Por Deus! O que tinha acontecido? Seus cabelos tinham um tom verde-brilhante. Puxa vida, em todo caso, ele ainda não tinha cabelos verdes. Isso já era demais. Então a luz verde tremeu no espelho; era a sombra da árvore lá fora. Reggie virou-se, tirou a cigarreira do bolso e, ao se lembrar do quanto a mãe odiava que ele fumasse no quarto, guardou-a novamente e perambulou de volta à cômoda. Ficaria frustrado se pensasse em qualquer resultado a seu favor, enquanto ela... Ah!... Parou de andar, cruzou os braços e recostou-se na cômoda.

Apesar da posição dela, da fortuna do pai, apesar do fato de ela ser filha única e, de longe, a garota mais popular da vizinhança; apesar de sua beleza e sua inteligência – inteligência! –, ela era muito mais que apenas isso, realmente não havia nada que ela não pudesse fazer. Ele acreditava piamente que, caso fosse necessário, ela se mostraria genial em qualquer coisa – apesar do fato de

18 A Rodésia foi um Estado não reconhecido situado no sul da África, entre 1965 e 1979. Atualmente, corresponde ao Zimbábue. (N. do T.)

seus pais a adorarem, e ela a eles, eles jamais a deixariam ir tão longe... Apesar de tudo que ele podia imaginar, seu amor era tão enorme que ele não conseguia não ter esperança. Bom, era esperança? Ou era apenas um desejo tímido e estranho de ter a oportunidade de cuidar dela, de ter como ocupação cuidar para que ela tenha tudo de que precise, que nada de imperfeito chegue próximo a ela – era simplesmente amor? Como ele a amava! Ele se espremia contra a cômoda e murmurava-lhe: "Eu a amo, eu a amo". E nesse exato instante estava com ela a caminho de Umtali[19]. Era noite. Ela estava sentada em um canto, dormindo. Seu queixo suave estava apoiado no colarinho macio, os cílios dourado-escuros nas bochechas. Ele idolatrava seu narizinho delicado, seus lábios perfeitos, sua orelha de bebê e os cachos dourado-escuros que a cobriam pela metade. Passavam pelo meio da selva. Quente, escura e longínqua. Então ela acordou e disse: "Estive dormindo?" E ele respondeu, "Sim. Você está bem? Olhe, deixe-me..." E ele curvou-se para... Inclinou-se sobre ela. Trazia-lhe tanta felicidade que não podia sonhar com mais nada. E isso deu-lhe coragem para descer as escadas, pegar seu chapéu de palha no saguão e dizer enquanto fechava a porta da frente: "Bom, eu posso pelo menos tentar a sorte, é o mínimo".

Mas sua sorte deu-lhe uma bela sacudida, sem exageros, quase imediatamente. Passeando pelo jardim com Chinny e Biddy, os velhos pequineses, lá estava a mãe. Claro que Reginald gostava da mãe. Ela... ela tinha boas intenções, era uma pessoa

19 A cidade de Umtali mudou de nome para Mutare em 1983 e, atualmente, é a quarta maior cidade do Zimbábue. (N. do T.)

extremamente determinada e tudo o mais. Mas, não havia como negar, ela era uma genitora horrível. Houve momentos, vários deles, na vida de Reggie, antes de tio Alick morrer e deixar-lhe a produção de frutas, em que ele se convencera que ser o filho único de uma viúva era praticamente a pior punição que um sujeito poderia sofrer. E o que tornava as coisas ainda piores era que ela era certamente tudo que ele tinha. Ela não era apenas pai e mãe, por assim dizer, mas havia cortado relações com todos os parentes e conhecidos do governador antes mesmo de Reggie vestir as primeiras calças. Tanto que, sempre que Reggie sentia saudades de casa, sentado ali no alpendre no escuro da noite, enquanto o gramofone chorava "querida, o que é a vida senão amor?", só conseguia ver a mãe, alta e imponente, percorrendo o jardim com Chinny e Biddy aos seus pés...

A mãe, com a tesoura prestes a cortar a cabeça de algo morto, parou ao ver Reggie. "Você não vai sair, vai, Reginald?", perguntou ela, vendo que ele ia.

"Voltarei para o chá, mãe", disse Reggie sem força, afundando as mãos nos bolsos do casaco.

Siiip. Lá ia uma cabeça. Reggie quase pulou.

"Pensei que poderia ter deixado sua última tarde livre para a sua mãe", disse ela.

Silêncio. Os pequineses encararam-no. Eles compreendiam cada palavra da mãe. Biddy deitou-se com a língua para fora; ela estava tão gorda e lustrosa que parecia um amontoado de caramelo derretido. Mas os olhos de porcelana de Chinny o olharam com tristeza, e ele fungou ligeiramente, como se o mundo inteiro fosse um único cheiro desagradável. Siiip, a tesoura atacou de novo. Criaturinhas irritantes; estavam tendo o que mereciam!

"E aonde você vai, se é que sua mãe pode saber?", perguntou a mãe.

Finalmente acabou, mas Reggie não diminuiu o passo antes de sair do campo de visão da própria casa e chegar à metade do caminho até a casa do coronel Proctor. Só então ele percebeu que tarde deslumbrante fazia. Havia chovido de manhã, uma chuva de fim de verão, quente, pesada e rápida, e agora o céu estava claro, a não ser por uma longa fila de nuvenzinhas, como patinhos passeando pela floresta. Havia vento suficiente para balançar as últimas gotas de chuva das árvores. Um respingo quente caiu na sua mão; ping! – outro bateu no seu chapéu. A estrada vazia brilhava, as cercas-vivas cheiravam a roseira-brava, e como as malvas-rosas brilhavam, enormes e cintilantes, nos jardins das casas. E ali estava o coronel Proctor – já estava ali. Tinha a mão no portão e o cotovelo balançava os arbustos de lilás, espalhando pétalas e pólen por toda a manga do casaco. Mas espere um pouco. Estava muito rápido. Ele queria analisar tudo de novo. Aqui, firme. E ele subia o caminho, com as imensas roseiras de cada lado. Não poderia ser feito assim. Mas sua mão já tinha agarrado a campainha, dado-lhe um puxão e começado a ressoá-la como um louco, como se tivesse vindo avisar que a casa estava pegando fogo. A criada devia estar no saguão também, pois a porta da frente se abriu imediatamente, e Reggie fora trancado na sala de estar vazia antes que a maldita campainha parasse de soar. Quando parou, a imensa e sombria sala com o guarda-sol de alguém sobre o piano de cauda, estranhamente, o motivou – chegou mesmo a excitá-lo. Estava tão silenciosa e mesmo assim, em um instante, a porta se abriria e seu destino seria decidido. A sensação não era muito diferente de estar no dentista; sentia-se quase indiferente. Mas, ao mesmo tempo, Reggie ouviu sua voz dizendo: "Senhor, Vós sabeis, não tens feito tanto por mim..." Isso o advertiu; fez com que percebesse novamente como a situação era séria. Tarde demais. A maçaneta da porta girou. Anne entrou, cruzou o espaço sombrio entre eles, estendeu-lhe a mão e disse, na sua voz suave e pequenina: "Perdão, mas o pai está fora. E a mãe vai passar o dia na cidade, à procura de um chapéu. Só estou eu aqui para entretê-lo, Reggie".

Reggie prendeu o fôlego, apertou o chapéu contra os botões do casaco e gaguejou: "Na verdade, eu só vim para... para dizer adeus".

"Ah!", exclamou Anne suavemente. Deu um passo para trás e seus olhos acinzentados dançaram: "Que visita tão curta!"

Então, observando-o com o queixo inclinado, ela riu com gosto, uma gargalhada longa e agradável, dirigiu-se ao piano e apoiou-se nele, brincando com o cabo do guarda-sol.

"Perdão", disse ela, "por rir assim. Não sei por que estou rindo. É só um há-hábito feio." E subitamente golpeou o chão com o sapato cinza e tirou um lencinho do bolso do casaco branco de lã. "Realmente eu deveria me conter, é muito ridículo", disse ela.

"Por Deus, Anne", disse Reggie, "adoro ouvi-la rindo! Não consigo imaginar nada mais..."

Mas a verdade, e ambos sabiam disso, era que ela não ria

sempre; não era realmente um hábito. Desde o dia em que se conheceram, desde a primeiríssima vez, por alguma estranha razão que Reggie queria muito compreender, Anne ria dele. Por quê? Não importava onde estivessem ou sobre o que falavam. Poderiam começar com muita seriedade, toda a seriedade do mundo – da parte dele, pelo menos –, mas então, subitamente, no meio de uma frase, Anne olhava para ele e seu rosto começava a tremer levemente. Seus lábios se separavam, seus olhos dançavam e ela começava a gargalhar.

Outra coisa estranha era que Reggie imaginava que ela mesma não sabia por que ria. Já a tinha visto virar-se para o outro lado, fazer caretas, sugar as bochechas para dentro, apertar as mãos uma contra a outra. Mas nada adiantava. A gargalhada longa e agradável ressoava, mesmo enquanto ela gritava "não sei por que estou rindo". Era um mistério...

Agora ela guardava o lencinho.

"Sente-se logo", disse ela. "Gostaria de fumar? Há cigarros nessa caixinha do seu lado. Vou fumar um também." Acendeu um fósforo para si e, quando ela se inclinou, ele viu a pequena chama iluminar o anel de pérola que ela usava. "Você parte amanhã, não é?", disse Anne.

"Sim, amanhã, como combinado", disse Reggie e soltou uma baforada de fumaça. Por que diabos estava tão nervoso? Nervoso não era bem a palavra.

"É... é assustadoramente difícil de acreditar", acrescentou.

"É, não é?", disse Anne suavemente e inclinou-se, girando a ponta do cigarro pelo cinzeiro verde. Como estava bonita assim! Simplesmente linda. E parecia tão pequena naquela imensa cadeira. O coração de Reginald inchou-se de ternura, mas era sua voz, sua voz suave que o fazia tremer. "Sinto como se você estivesse aqui há anos", disse ela.

Reginald deu um longo trago do cigarro. "A simples ideia de voltar é medonha", disse.

"Gru-gru-gru-gru-gru", soou no silêncio.

"Mas você gosta de estar lá, não gosta?", disse Anne. Ela enrolou o colar de pérolas no dedo. "O pai estava dizendo uma noite dessas que você era muito sortudo por ter uma vida independente." E olhou para ele. O sorriso de Reginald parecia cansado. "Não me sinto terrivelmente sortudo", disse calmamente.

"Gru-gru-gru-gru-gru", soou novamente. E Anne murmurou: "Você quer dizer que é solitário".

"Ah, não é a solidão que me preocupa", disse Reginald, apagando seu cigarro com força no cinzeiro verde. "Eu poderia suportar ficar só por muito tempo, poderia até gostar da solidão. É a ideia de..." De repente, para seu terror, sentiu seu rosto corar.

"Gru-gru-gru-gru-gru! Gru-gru-gru-gru-gru!"

Anne levantou-se bruscamente. "Venha dizer adeus às minhas pombas", disse ela. "Elas foram removidas para a lateral do alpendre. Você gosta de pombas, não gosta, Reggie?"

"Terrivelmente", disse Reggie, tão entusiasmado que, ao abrir a porta balcão e afastar-se para ela passar, Anne correu para fora e começou a rir das pombas, em vez dele.

As duas pombas andavam de um lado para o outro, de um

lado para o outro da fina areia vermelha no chão do pombal. Uma sempre ficava à frente da outra. Enquanto uma corria, dando seus gritinhos, a outra a seguia, curvando-se solenemente. "Olhe só", explicou Anne, "a pomba da frente é a sra. Pombo. Ela olha para o sr. Pombo, dá suas risadinhas e corre para a frente, enquanto ele a segue, curvando-se e abaixando-se. E isso faz com que ela ria de novo. Ela corre e, atrás dela", gritou Anne, sentando-se sobre os calcanhares, "lá vem o pobre sr. Pombo, curvando-se e abaixando-se... e essa é a vida deles. Eles só sabem fazer isso, entende?" Ela levantou-se e pegou uns grãos amarelos de um saco no telhado do pombal. "Quando você pensar neles, lá na Rodésia, Reggie, você pode ter certeza de que é isso que estarão fazendo..."

Reggie não deu nenhuma mostra de ter visto as pombas ou ouvido uma palavra sequer. Nesse instante, só pensava no imenso esforço que teria que fazer para arrancar seu segredo de si e oferecê-lo a Anne. "Anne, você acha que algum dia poderia gostar de mim?" Pronto. Feito. E, na ligeira pausa que se seguiu, Reginald viu o jardim se abrindo para a luz, o trêmulo céu azul, o bater das folhas nas colunas do alpendre e Anne virando os grãos de milho na palma da mão com um único dedo. Ela fechou a mão lentamente, e o novo mundo dissipou-se enquanto ela murmurava devagar: "Não, nunca dessa forma". Ele mal teve tempo de sentir qualquer coisa antes de ela sair rapidamente, então a seguiu degraus abaixo, através do jardim, sob os arcos de rosas, pelo gramado. Ali, com o festivo paredão de flores atrás dela, Anne encarou Reginald. "Não que eu não goste muito de você", disse ela. "Gosto. Mas..." – seus olhos arregalaram-se – "...não da forma" – seu rosto estremeceu – "que alguém deveria gostar de..." Seus lábios se separaram e ela não pôde parar. Começou a rir. "Pronto, está vendo, está vendo", gritou, "é sua gravata xadrez. Mesmo num momento como este, quando deveria ficar séria, sua gravata me faz lembrar absurdamente de fotos de gatos usando gravatas-borboleta! Ah, por favor, perdoe-me por ser tão horrível, por favor!"

Reggie agarrou sua mãozinha quente. "Não há nada para perdoar", disse rapidamente. "Como poderia haver? E eu acredito que sei porque a faço rir. É porque você está tão acima de mim de tantas maneiras que eu sou, de alguma forma, ridículo. Eu entendo, Anne. Mas se eu fosse..."

"Não, não." Anne apertou com força a mão dele. "Não é isso. Você está errado. Não estou acima de você de maneira nenhuma. Você é tão melhor que eu. Você não tem nada de egoísta e... é gentil e simples. Não sou nada disso. Você não me conhece. Sou uma pessoa horrorosa", disse Anne. "Por favor, não me interrompa. Além disso, a questão não é essa. A questão é" – ela balançou a cabeça – "não poderia nunca me casar com um homem de quem eu fico rindo. Certamente você entente. O homem com quem eu me casar...", suspirou lentamente Anne. Parou de falar. Afastou sua mão e, olhando para Reggie, sorriu de uma maneira estranha, sonhadora. "O homem com quem eu me casar..."

E Reggie sentiu que um estranho alto, bonito e brilhante tinha surgido na sua frente e tomado seu lugar. O tipo de homem que Anne e ele tinham visto no teatro várias vezes subir no palco vindo de lugar nenhum, abraçar a heroína sem pronunciar uma só palavra e, depois de um olhar profundo e extraordinário, levá-la para qualquer lugar...

Reggie rendeu-se à sua visão. "Sim, eu entendo", disse com a voz rouca.

"Mesmo?", disse Anne. "Ah, eu realmente espero que sim. Porque me sinto tão mal com tudo isso. É tão difícil de explicar. Você sabe que eu nunca..." Parou novamente. Reggie olhou para ela. Ela estava sorrindo. "Não é engraçado?", disse ela. "Posso dizer qualquer coisa para você. Sempre pude, desde o início."

Ele tentou sorrir, tentou dizer "fico feliz." Ela continuou. "Nunca conheci ninguém de quem eu goste tanto quanto gosto de você. Nunca me senti tão feliz com ninguém. Mas tenho certeza de que não é isso que as pessoas e os livros querem dizer quando falam em amor. Você compreende? Ah, se você soubesse como me sinto mal. Mas nós seríamos como... como o sr. e a sra. Pombo."

Isso foi o suficiente. Isso soou para Reginald como definitivo e tão terrivelmente verdadeiro que ele mal conseguia suportar. "Não precisa continuar", disse e deu as costas para Anne, olhando através do jardim. Lá estava a casa do jardineiro, ao lado do azevinho escuro. Um rastro de fumaça úmida, azul e transparente pairava acima da chaminé. Não parecia real. Como sua garganta doía! Será que ele conseguiria falar? Tentou. "Devo ir para casa sozinho", sussurrou e começou a andar pelo gramado. Mas Anne correu atrás dele. "Não, não vá. Não pode ir ainda", falou suplicando. "Não pode ir embora sentindo-se assim." E olhou fixamente para ele, franzindo a testa, mordendo o lábio.

"Ah, está tudo bem", disse Reggie sacudindo-se. "Eu... eu..." E acenou com a mão como se dissesse "vou superar."

"Mas isso é horrível", disse Anne. Ela apertou as mãos e se colocou na frente dele. "Certamente você entende que seria fatal para nós se nos casássemos, não é?"

"Ah, muito, muito", disse Reggie, lançando-lhe um olhar cansado.

"Que equívoco, que perversidade, sentir-me como me sinto. Quero dizer, tudo bem para o sr. e a sra. Pombo. Mas imagine isso na vida real – imagine!"

"Ah, absolutamente", disse Reggie e começou a andar. Mas de novo Anne o deteve. Puxou-o pela manga e dessa vez, para a surpresa dele, em vez de rir ela parecia uma menininha prestes a chorar.

"Então por que, se você entende, por que está tão in-infeliz?", lamentou ela. "Por que você se importa tanto? Por que parece tão de-devastado?"

Reggie engoliu em seco e, de novo, acenou com a mão. "Não posso evitar", disse, "levei um golpe. Se eu for embora agora, poderei..."

"Como você pode falar em ir embora agora?", disse Anne com desdém. Bateu o pé; ficou vermelha. "Como você pode ser tão cruel? Não posso deixá-lo ir até que eu tenha certeza de que você está tão feliz quanto antes de me pedir em casamento. Certamente você tem que entender isso, é tão simples."

Mas nada parecia simples para Reginald. Parecia extremamente difícil.

"Mesmo sem poder me casar com você, como posso viver, com você lá longe, se correspondendo apenas com a sua mãe horrível e sentindo-se miserável, sabendo que é tudo culpa minha?"

"Não é culpa sua. Não pense assim. É apenas o destino." Reggie tirou da sua manga a mão dela, beijando-a. "Não tenha pena de mim, minha querida Anne", disse gentilmente. E dessa vez quase saiu correndo, sob o arco rosa, pelo jardim.

"Gru-gru-gru-gru-gru! Gru-gru-gru-gru-gru!", soou no alpendre. "Reggie, Reggie", no jardim.

Ele parou, virou-se. Mas quando ela viu a aparência tímida e confusa dele, ela deu uma risadinha.

"Volte, sr. Pombo", disse Anne. E Reginald voltou lentamente através do jardim.

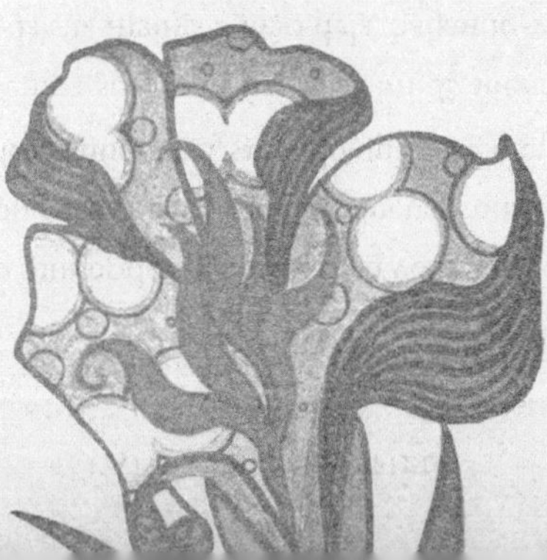

A MOCINHA

Com seu vestido azul, as bochechas levemente coradas, os olhos azuis, azuis e seus cachos dourados presos para cima como se fosse a primeira vez – presos para saírem do caminho do seu voo –, a filha da sra. Raddick poderia muito bem ter caído desse céu radiante. O olhar tímido, levemente surpreso mas profundamente orgulhoso da sra. Raddick parecia acreditar nisso também; mas a menina não aparentava estar muito satisfeita – por que estaria? – por ter pousado nos degraus do cassino. Na verdade, estava entediada – entediada como se o céu estivesse repleto de cassinos com velhos santos e esnobes como crupiês e somente moedas para brincar.

"Você não se importa de levar Hennie?", disse a sra. Raddick. "Tem certeza que não? Aí está o carro, vocês tomam chá e estaremos todas de volta aqui, nesse degrau – bem aqui –, em uma hora. Eu quero que ela entre, entende? Ela nunca esteve aqui antes e vale a pena dar uma olhada. Sinto que não seria justo com ela."

"Ah, cale-se, mãe", disse ela, cansada. "Venha conosco.

Não fale muito. E sua bolsa está aberta; vai acabar perdendo todo o seu dinheiro de novo."

"Perdão, querida", disse a sra. Raddick.

"Ah, entre logo! Quero ganhar dinheiro", disse a voz impaciente. "Está tudo ótimo para você, mas eu estou falida!"

"Aqui. Pegue cinquenta francos, querida, pegue cem!" Vi a sra. Raddick amassando as notas na mão dela enquanto passavam pelas portas giratórias.

Hennie e eu ficamos nos degraus por um momento, observando as pessoas. Ele tinha um sorriso largo e encantador.

"Olhe, dê uma olhada naquele buldogue inglês", gritou ele. "Cães são permitidos lá dentro?"

"Não, não são."

"Ele é um camarada supimpa, não é? Gostaria de ter um. São tão divertidos. Assustam bastante as pessoas, mas nunca ficam bravos com seus – com as pessoas a quem pertencem." Subitamente, ele apertou meu braço. "Olhe, dê uma olhada naquela senhora. Quem é ela? Por que está vestida assim? É uma apostadora?"

A criatura murcha e antiquada, usando um vestido verde de cetim, uma capa de veludo preto e um chapéu branco com penas violetas, sacudia-se lentamente, lentamente pelos degraus como se fosse puxada por cabos. Olhava para a frente, rindo, balançando a cabeça e cacarejando para si mesma; suas garras apertavam algo que parecia uma sacola suja.

Nesse exato momento, lá estava novamente a sra. Raddick com outra dama – e a sua – perambulando atrás dela. A sra. Raddick correu até mim. Estava visivelmente corada, feliz, uma criatura diferente. Parecia uma mulher que dizia "adeus" aos amigos na plataforma da estação, sem um minuto a perder antes de o trem partir.

"Ah, vocês ainda estão aqui. Que sorte! Vocês não foram embora. Não é ótimo? Foi horrível a companhia... dela". E acenou para a filha, que se manteve imóvel, arrogante, olhando para baixo, girando o pé no degrau, a milhas de distância. "Eles não vão deixá-la entrar. Jurei que ela já tem vinte e um anos. Mas não acreditaram em mim. Mostrei minha bolsa para o homem; não me atrevi a fazer mais nada. Mas foi inútil. Ele simplesmente caçoou de mim... Encontrei agora há pouco a sra. MacEwen, de Nova Iorque, e ela acaba de ganhar mil e trezentos na *Salle Privée*[20] – e ela quer que eu volte com ela enquanto sua sorte durar. Claro que não posso deixar... ela. Mas se vocês..."

Ao dizer isso, "ela" levantou a cabeça; simplesmente intimidou sua mãe. "Por que você não pode me deixar?", disse, furiosa. "Que bobagem absurda! Como você ousa fazer uma cena dessas? Esta é a última vez que saio com você. Você realmente é horrível demais para descrever." Olhou a mãe de alto a baixo. "Acalme-se", disse ela, com presunção.

A sra. Raddick ficou desesperada, simplesmente desesperada. Ela estava "descontrolada" para voltar ao cassino com a sra. MacEwen, mas ao mesmo tempo...

Tomei coragem. "Você gostaria... você se importaria de tomar chá... conosco?"

20 Literalmente, "sala particular", em francês. (N. do T.)

"Sim, sim, ela ficará encantada. É justamente o que eu queria, não é, querida? Sra. MacEwen... Voltarei em uma hora... ou menos... Eu..."

A sra. R subiu correndo os degraus. Vi que sua bolsa estava aberta novamente.

Então sobramos nós três. Realmente não era minha culpa. Hennie também parecia frustrado. Quando o carro apareceu, ela envolveu-se no seu casaco preto – para evitar contaminar-se. Até mesmo seus pezinhos pareciam desprezar carregá-la até junto de nós.

"Sinto muitíssimo", murmurei quando o carro partiu.

"Ah, eu não me importo", disse ela. "Não gostaria de parecer ter vinte e um anos. Quem gostaria, tendo dezessete? O que eu desprezo" – e ela estremeceu levemente – "é a estupidez e ser encarada por velhos gordos. Animais!"

Hennie observou-a rapidamente e depois olhou para fora da janela.

Paramos em frente a um imenso palácio de mármore branco e rosa com laranjeiras em vasos pretos e dourados ao lado das portas.

"Gostaria de entrar?", sugeri.

Ela hesitou, deu uma olhada, mordeu o lábio e conformou-se. "Tudo bem, parece não haver nenhum outro lugar", disse ela. "Saia, Hennie."

Saí primeiro – para achar a mesa, claro – e ela me seguiu. Mas o pior era ter seu irmão, que tinha apenas doze anos, conosco. Essa era a gota d'água – ter uma criança grudada na sua saia.

Havia apenas uma mesa. Tinha cravos e pratos cor-de-rosa com pequenos guardanapos azuis em formato de vela.

"Podemos nos sentar aqui?"

Languidamente, ela colocou a mão no dorso de uma cadeira branca de vime.

"Tanto faz. Por que não?", disse ela.

Hennie se espremeu atrás dela e ziguezagueou até um banquinho ao fundo. Sentia-se terrivelmente alheio a tudo. Ela nem sequer tirou as luvas. Abaixou o olhar e bateu os dedos na mesa. Quando um violino soou baixo, ela recuou e mordeu o lábio novamente. Silêncio.

A garçonete apareceu. Mal ousei fazer o pedido. "Chá? café? Chá chinês ou chá gelado com limão?"

Na verdade, ela não se importava. Tanto fazia para ela. Ela não queria nada. Hennie sussurrou: "Chocolate!"

Mas, assim que a garçonete se virou, ela gritou sem pensar: "Ah, você pode trazer um chocolate para mim também".

Enquanto esperávamos, ela tirou da bolsa um pequeno estojo dourado de pó compacto com espelho na tampa, chacoalhou a pobre esponjinha como se a odiasse e salpicou o adorável nariz.

"Hennie", disse ela, "tire essas flores daqui." Apontou para os cravos com a esponjinha, e a ouvi murmurar: "Não suporto flores na mesa". Evidentemente, elas lhe causavam uma dor imensa, já que ela fechou bem os olhos enquanto eu as movia para longe.

A garçonete retornou com o chocolate e o chá. Colocou as imensas xícaras espumando diante deles e empurrou-me meu copo transparente. Hennie afundou o rosto e, por um instante pavoroso, emergiu com uma bolha de creme trêmula na ponta do nariz. Mas, rapidamente, limpou-a como um pequeno cavalheiro. Perguntei-me se ousaria chamar a atenção dela para sua xícara. Ela não notou sua existência – nem sequer a viu – até que, de repente, por acaso, serviu-se de um gole. Observei ansiosamente; ela estremeceu de leve.

"Terrivelmente doce!", disse ela.

Um rapazinho com a cabeça semelhante a uma uva e um corpo de chocolate aproximou-se com uma bandeja de confeitos – fileiras e fileiras de pequenas aberrações, pequenas inspirações, pequenos sonhos derretidos.

Ofereceu-os a ela. "Ah, não tenho a mínima fome. Leve-os embora."

Ofereceu para Hennie. Hennie olhou rapidamente para mim. Um olhar de satisfação, provavelmente, já que ele pegou um creme de chocolate, uma bomba de café, um suspiro com recheio de castanhas e um canudinho recheado com morangos frescos. Ela mal podia vê-lo. Mas assim que o rapaz se afastou levantou seu prato.

"Ah, bom, dê-me um", disse ela.

As pinças prateadas soltaram um, dois, três... e uma tortinha de cereja. "Não sei por que você está me dando tantos doces", disse ela quase sorrindo. "Não devo comê-los; não poderia!"

Me senti muito mais à vontade. Tomei um gole do meu chá, me reclinei, até mesmo perguntei se podia fumar. Ao ouvir isso ela parou, com o garfo na mão, abriu os olhos e sorriu de verdade. "Claro", disse ela. "Sempre espero que as pessoas fumem."

Mas nesse momento uma tragédia aconteceu com Hennie. Ele espetou seu canudinho com muita força, partindo-o em dois, e uma das metades caiu sobre a mesa. Uma coisa horrorosa! Ele ficou vermelho. Até suas orelhas ardiam e uma mão envergonhada rastejou pela mesa para jogar o que restara do doce.

"Seu completo animalzinho!", disse ela.

Deus do céu! Tive de ser hábil no resgate. Perguntei rapidamente: "Você vai ficar muito tempo no estrangeiro?"

Mas ela já se esquecera de Hennie. Esquecera-se de mim, também. Estava tentando lembrar-se de algo... Estava muito longe.

"Eu... não... sei", disse lentamente, do lugar longínquo.

"Acredito que seja melhor que Londres para você. É mais... mais..."

Quando não continuei, ela voltou e olhou para mim, perplexa. "Mais...?"

"*Enfin*[21] ... mais alegre", exclamei, balançando meu cigarro.

Minha resposta levou um doce inteiro para ser digerida. E mesmo depois: "Ah, bom, depende!" Foi tudo que ela pôde dizer com segurança.

Hennie havia terminado. Ainda estava muito agitado.

Peguei o cardápio da mesa. "Vejamos... Que tal um sorvete, Hennie? Um de tangerina e gengibre? Não, algo mais fresco. Que tal um de abacaxi?"

---

21 "Enfim" em francês. (N. do T.)

Hennie aprovou a ideia com entusiasmo. A garçonete estava à espreita. Pegou nosso pedido assim que saiu de seus problemas[22].

"Você disse tangerina e gengibre? Eu gosto de gengibre. Pode me trazer um." E depois, rapidamente: "Gostaria que essa orquestra não tocasse coisas do arco da velha. Dançamos isso no último Natal. É repugnante!"

Era uma melodia encantadora. Agora que havia prestado atenção, me deixei envolver.

"Acho que esse é um lugar muito agradável; e você, Hennie?", eu disse.

Hennie disse: "Supimpa!" Ele queria falar baixo, mas acabou saindo muito alto, um tipo de gritinho.

Agradável? Este lugar? Agradável? Pela primeira vez, ela deu uma olhada em volta, tentando ver o que havia ali... Piscou; seus adoráveis olhos investigavam. Um velho muito bonito olhou de volta para ela através de um monóculo preso por uma fita preta. Mas ela simplesmente não conseguia vê-lo. Havia um buraco no lugar onde estava. Ela olhava através dele.

Finalmente, as colherinhas pararam nos pratos de vidro. Hennie parecia bastante exausto, e ela colocou suas luvas brancas novamente. Estava com problemas com seu relógio de diamantes; estava preso. Puxou-o; tentou quebrar a coisa estúpida – mas não conseguiu. Finalmente, teve que colocar a luva por cima do

22 No original, *The order was taken when she looked up from her crumbs*. Aqui, a autora brinca com os diferentes significados da palavra *crumb*. No sentido literal, a palavra quer dizer "migalha", mas, à época, também tinha o sentido figurado de "problema, preocupação". (N. do T.)

relógio. Percebi que, depois disso, ela não podia mais suportar esse lugar e, de fato, levantou-se e saiu enquanto eu cumpria a vulgar tarefa de pagar pelo chá.

E então nos encontramos do lado de fora novamente. Havia anoitecido. O céu estava salpicado de estrelinhas; as lâmpadas brilhavam. Enquanto esperávamos o carro chegar, ela parou no degrau, como antes, girando o pé, olhando para baixo.

Hennie pulou na frente para abrir a porta, e ela entrou e afundou com – ah! – um longo suspiro!

"Peça para ele", murmurou ela, "dirigir o mais rápido que puder."

Hennie sorriu para seu amigo, o chofer. "*Alê vit*[23]!", disse ele. E endireitou-se, sentando-se no pequeno assento na nossa frente.

O estojo de pó compacto dourado apareceu novamente. De novo, a pobre esponjinha foi sacudida; de novo, a rápida e misteriosa troca de olhares entre ela e o espelho.

Saímos em disparada pela cidade preta e dourada como uma tesoura através do tecido. Hennie tinha muita dificuldade em fingir que não estava se segurando com força.

E, quando chegamos ao cassino, claro que a sra. Raddick não estava lá. Não havia nenhum sinal dela nos degraus – nenhum.

"Vocês ficam no carro enquanto eu vou dar uma olhada?"

Mas não. Ela não iria fazer isso. Deus do céu, não! Hennie poderia ficar. Ela não aguentaria ficar sentada em um carro. Ela esperaria nos degraus.

23 A grafia correta é *Allez vite*!: "Vá rápido!", em francês. (N. do T.)

"Mas eu não gosto de deixá-la", murmurei. "Claro que preferiria não deixá-la aqui."

Ao ouvir isso, ela colocou o casaco; voltou-se e olhou para mim; os lábios separados. "Deus do céu – por quê? Eu... eu não me importo nem um pouco. Eu... eu gosto de esperar." E subitamente suas bochechas ficaram vermelhas, seus olhos escureceram – por um momento pensei que ela ia chorar. "Deixe-me, por favor", gaguejou, com uma voz doce, impaciente. "Eu gosto. Eu adoro esperar! De verdade, gosto realmente! Estou sempre esperando... em todo tipo de lugar..."

Seu casaco escuro se abriu e sua garganta pálida... todo o seu corpo jovem e suave no vestido azul... eram como uma flor que emergia de seu botão escuro.

A VIDA DE MA PARKER

Quando o cavalheiro literário, cujo apartamento Ma Parker limpava todas as terças-feiras, abriu a porta naquela manhã, perguntou-lhe sobre seu neto. Ma Parker, em pé sobre o capacho do vestíbulo escuro, estendeu a mão para ajudar o cavalheiro a fechar a porta antes de responder. "Nós o enterramos ontem, doutor[24]", disse baixinho.

"Ah, meu Deus! Sinto muito ouvir isso", disse o cavalheiro literário com um tom perplexo. Estava no meio do café da manhã. Vestia um roupão bastante esfarrapado e carregava um jornal amassado em uma mão. Sentiu-se incomodado. Não conseguiria voltar para a confortável sala de estar sem dizer algo, algo mais. Então, devido ao fato de essas pessoas se importarem tanto com sepultamentos, disse gentilmente: "Espero que tenha corrido tudo bem no funeral".

24 No original, *sir*. Optou-se pelo termo "doutor" para estabelecer a mesma distância no trato que o termo original confere. (N. do T.)

"Desculpe, doutor?", disse a velha Ma Parker, com a voz rouca.

Pobre coitada. Ela parecia realmente aborrecida. "Espero que o funeral tenha sido um-um... sucesso", disse ele. Ma Parker não respondeu. Abaixou a cabeça e mancou até a cozinha, apertando a velha sacola de pescador com seus utensílios de limpeza, um avental e um par de sapatos de feltro. O cavalheiro literário arqueou as sobrancelhas e voltou para seu café da manhã.

"Exausta, imagino", disse em voz alta, pegando um pouco de marmelada.

Ma Parker tirou os dois grampos do seu chapéu e pendurou-o atrás da porta. Desabotoou o casaco surrado e pendurou-o também. Então, amarrou seu avental e sentou-se para tirar as botas. Tirar ou colocar as botas era uma agonia, tinha sido uma agonia por anos. Na verdade, estava tão acostumada à dor que seu rosto já ficava curvo e retorcido, pronto para a pontada, antes mesmo que ela tivesse desamarrado o cadarço. Quando acabou, reclinou-se com um suspiro, esfregando suavemente os joelhos...

"Vovó! Vovó!" Seu netinho pusera-se de pé no seu colo com suas botinhas. Acabara de entrar depois de brincar na rua.

"Olha em que estado você deixou a saia da vovó – seu garoto malvado!"

Mas ele colocou os braços em torno do pescoço dela e esfregou a bochecha no rosto da avó.

"Vovó, dá um centavo pra gente!", tentou convencê-la.

"Vá embora; a vovó não tem nenhum centavo."

"Tem, sim."

"Não, não tenho."

"Sim, você tem. Dá um pra gente!"

E ela já procurava na carteira de couro preto velha e amassada.

"Bom, o que você vai dar pra vovó de volta?"

Ele soltou um sorrisinho tímido e apertou-a junto dele. Ela sentiu a pálpebra dele tremendo contra sua bochecha. "Não tenho nada", murmurou ele…

A velha levantou-se, tirou a chaleira de ferro do fogareiro e levou-a à pia. O barulho da água batendo na chaleira acalmou sua dor, aparentemente. Ela também encheu o balde e a bacia para lavar a louça.

Seria preciso um livro inteiro para descrever o estado daquela cozinha. Durante a semana, o cavalheiro literário "se virava". Quer dizer, de vez em quando ele jogava as folhas do chá em um pote de geleia reservado para esse fim e, caso ficasse sem garfos limpos, limpava um ou dois na toalha de secar as mãos. De qualquer forma, como ele explicava para seus amigos, seu "sistema" era muito simples e ele não podia entender por que as pessoas davam tanta importância aos afazeres domésticos.

"Você simplesmente suja tudo que tem, contrata uma velha para limpar uma vez por semana, e é isso."

E o resultado parecia uma gigantesca lixeira. Até o chão estava repleto de cascas de torradas, envelopes, bitucas de cigarro. Mas Ma Parker não lhe guardava rancor. Tinha dó do pobre e jovem cavalheiro por não ter ninguém para cuidar dele. Através da janelinha manchada, podia-se ver uma vastidão do tristonho céu, e as poucas nuvens que havia pareciam gastas, velhas, puídas nas beiradas, com buracos ou manchas escuras como o chá.

Enquanto a água esquentava, Ma Parker começou a varrer o chão. "Sim", pensou ela com o bater da vassoura, "com mais essa já tive minha cota. Tenho tido uma vida difícil."

Até mesmo os vizinhos diziam isso dela. Várias vezes, ao mancar para casa com sua sacola de pescador, ela os ouvia, esperando na esquina ou apoiados nas grades da vizinhança, dizendo entre si: "Ela teve uma vida difícil, Ma Parker". E também era verdade que ela não se orgulhava nem um pouco disso. Era tão verdade quanto dizer que ela morava no porão do número 27. Uma vida difícil!...

Aos dezesseis anos, deixara Stratford e viera para Londres para ser ajudante de cozinha. Sim, ela nascera em Stratford-on-Avon. Shakespeare[25], doutor? Não, todos viviam lhe perguntando isso. Mas ela nunca tinha ouvido esse nome até vê-lo nos teatros.

Nada sobrava de Stratford além do "sentar-se na lareira nas noites em que se podiam ver as estrelas através da chaminé" e "mãe sempre tinha um pedaço de bacon pendurado no teto". E havia outra coisa. Havia um arbusto na porta da frente, com um odor tão agradável. Mas o arbusto era uma lembrança muito vaga. Ela só se lembrara dele uma ou duas vezes no hospital, quando havia passado mal.

Era um lugar horrível – a sua primeira casa. Ela nunca podia sair. Nunca subia as escadas para as orações da manhã e da noite. Era um porão claro. E a cozinheira era uma mulher cruel. Costumava arrancar-lhe as cartas de casa – antes que

25 Stratford-on-Avon é a terra natal de William Shakespeare. (N. do T.)

ela pudesse lê-las – e jogá-las no fogão, porque elas a faziam sonhar... E os besouros!

Dava para acreditar? Até ela chegar a Londres nunca tinha visto um besouro preto. E ela sempre soltava uma risadinha, como se... nunca tivesse visto um besouro preto! Bom! Era como dizer que nunca tinha visto os próprios pés.

Quando aquela família vendeu tudo, ela virou "criada" na casa de um médico e, depois de dois anos lá, correndo da manhã até a noite, ela casou-se com o marido. Ele era padeiro.

"Um padeiro, sra. Parker!", o cavalheiro literário diria. Porque, ocasionalmente, ele encostava seus volumes e dava um ouvido, pelo menos, a esse produto chamado Vida. "Deve ter sido agradável ser casada com um padeiro!"

A sra. Parker não parecia ter tanta certeza.

"Um trabalho tão limpo", disse o cavalheiro.

A sra. Parker não parecia convencida.

"E você não gostava de entregar os pães frescos para os clientes?"

"Bom, doutor", disse a sra. Parker, "eu não ficava muito tempo em cima, na loja. Tínhamos treze pequeninos e enterramos sete deles. Quando não estava na maternidade, estava na enfermaria, pode-se dizer!"

"Pode mesmo, sra. Parker!", disse o cavalheiro, estremecendo, e pegando sua caneta novamente.

Sim, sete se foram e, enquanto seis deles eram ainda pequenos, seu marido adoeceu com tuberculose. Era farinha nos pulmões, o médico dissera-lhe à época... Seu marido sentou-se na cama com a camisa sobre a cabeça, e o dedo do médico desenhou um círculo nas costas dele.

"Bom, se abríssemos o peito dele aqui, sra. Parker", disse o médico, "você acharia seus pulmões cheios de pó branco. Respire, meu camarada!" E a sra. Parker nunca soube com certeza se tinha visto, ou achava que tinha visto, uma lufada de poeira branca sair dos lábios do seu pobre marido morto...

E o esforço para criar aquelas seis criancinhas sozinha... Fora terrível! Então, quando já tinham idade suficiente para ir à escola, a irmã do marido veio morar com eles para ajudá-los e, menos de dois meses depois, caiu da escada e machucou a coluna. E por cinco anos Ma Parker teve outro bebê para cuidar – e que bebê chorão! Então a jovem Maudie foi para o mau caminho e levou sua irmã Alice com ela; os dois garotos emigraram, o jovem Jim foi para a Índia no Exército, e Ethel, a caçula, casou com um imprestável garçonzinho que morreu de úlcera no ano em que o pequeno Lennie nasceu. E agora o pequeno Lennie – meu neto…

As pilhas de copos sujos, pratos sujos foram lavadas e secas. As facas escurecidas foram limpas com um pedaço de batata e lustradas com uma rolha. A mesa foi esfregada, assim como o armário e a pia cheia de água com caudas de sardinha nadando...

Ele nunca foi uma criança forte, desde o início. Tinha sido um desses bebês clarinhos que todos acham que é uma menina. Tinha cachinhos claros e prateados, olhos azuis e uma sarda que parecia um diamante de um lado do nariz. O trabalho que ela e Ethel tiveram para criar aquele menino! Tentaram de tudo que aparecia nos jornais com ele! Todo domingo de manhã Ethel lia em voz alta enquanto Ma Parker lavava.

"Caro Senhor – escrevo-lhe essas palavras para avisar que minha pequena Myrtil estava prestes a morrer... Depois de quatro frascos... ganhou quase quatro quilos em nove semanas e continua engordando."

E então a xícara que servia de tinteiro saía do armário e a carta era escrita, e Ma compraria via encomenda postal no caminho para o trabalho na manhã seguinte. Mas era inútil. Nada fazia o pequeno Lennie engordar. Até mesmo levá-lo para o cemitério nunca o fez corar; e uma bela sacudida no ônibus não aumentava seu apetite.

Mas ele já era o menininho da avó desde o começo...

"De quem é esse garotinho?", dizia a velha Ma Parker, levantando-se do fogão em direção à janela manchada. E uma voz baixa, tão afetuosa, tão próxima, quase sufocando-a – parecia vir de dentro do seu peito, sob o coração – ria e dizia: "Sou o garotinho da vovó!"

Nesse momento surgiu um som de passos, e o cavalheiro literário apareceu, vestido para a sua caminhada.

"Ah, sra. Parker, vou sair."

"Muito bem, doutor."

"Você vai encontrar a meia coroa na bandeja do tinteiro."

"Obrigada, doutor."

"Ah, aliás, sra. Parker", disse rapidamente o cavalheiro literário, "você não jogou fora nenhum chocolate em pó na última vez que esteve aqui – jogou?"

"Não, doutor."

"Muito estranho. Poderia jurar que deixei uma colher cheia de chocolate em pó na latinha." Calou-se. Depois disse com suavidade e firmeza: "Você sempre me avisa quando joga as coisas fora – não é, sra. Parker?" E saiu muito satisfeito consigo mesmo, convencido, de fato, de que havia mostrado à sra. Parker que, sob sua aparente negligência, era atento como uma mulher.

A porta bateu. Ela levou suas escovas e panos para o quarto. Mas quando começou a arrumar a cama, alisando, dobrando, batendo, a lembrança do pequeno Lennie ficou insuportável. Por que ele tivera que sofrer tanto? Era isso que ela não conseguia entender. Por que um anjinho tão pequeno tinha que se esforçar, lutar para respirar? Não tinha sentido fazer uma criança sofrer assim.

...Da caixinha do peito de Lennie saiu um som, como se algo estivesse fervendo. Havia um imenso caroço com algo fervendo no seu peito, do qual ele não conseguia se livrar. Quando tossia, o suor jorrava da sua cabeça; seus olhos inchavam, suas mãos balançavam, e o caroço imenso borbulhava como uma batata cuspindo na panela. Mas o mais terrível de tudo era que, quando ele não tossia, ficava sentado no travesseiro sem falar nada, sem responder nem dar sinais de que ouvia. Só parecia zangado.

"Não é culpa da sua pobre e velha avó, meu querido", dizia a velha Ma Parker, colocando o cabelo úmido para trás das suas orelhinhas vermelhas. Mas Lennie mexia a cabeça, afastando-a dela. Parecia terrivelmente zangado com ela – e sério. Abaixava a cabeça e olhava para ela de lado, como se não pudesse acreditar na sua avó.

Mas no fim... Ma Parker jogou a colcha sobre a cama. Não, ela simplesmente não podia pensar nisso. Era demais! Tivera de suportar muita coisa na vida. Tinha aguentado até agora, tinha guardado tudo para si, e nunca a tinham visto chorar. Nunca, nenhuma alma viva. Nem mesmo os próprios filhos a tinham visto desmoronar. Sempre manteve uma postura imponente. Mas agora! Sem Lennie – o que ela tinha? Não tinha nada. Ele era tudo que tinha na vida, e agora tiraram-lhe isso também. "Por que tudo acontecera comigo?", perguntou-se ela. "O que eu fiz?", disse a velha Ma Parker. "O que eu fiz?"

E, ao dizer essas palavras, subitamente deixou cair a escova. Encontrou-se na cozinha. Sua tristeza era tão terrível que ela prendeu o chapéu, colocou o casaco e saiu do apartamento como alguém em um sonho. Ela não sabia o que estava fazendo. Era como uma pessoa tão atordoada pelo horror do que acontecera que simplesmente caminha – para qualquer lugar, como se ao caminhar ela pudesse escapar...

Fazia frio na rua. Um vento gelado soprava. As pessoas passavam, muito rápido; os homens andavam como tesouras; as mulheres pisavam como gatos. E ninguém sabia, ninguém se importava. Mesmo se ela desabasse, se finalmente chorasse depois de todos esses anos, provavelmente pararia num hospício.

E, ao pensar em chorar, foi como se o pequeno Lennie pulasse nos braços da avó. Ah, é o que ela quer fazer, meu pombinho. A vovó quer chorar. Se ela conseguisse chorar agora, chorar por um bom tempo, chorar por tudo, começando pela sua primeira casa e a cozinheira cruel, depois o médico e, então, os sete pequeninos, a morte do marido, os filhos indo embora e todos os anos de tristeza até Lennie. Mas chorar apropriadamente por todas essas coisas levaria muito tempo. Mesmo assim, o tempo para chorar havia chegado. Ela precisava fazê-lo. Não poderia adiar mais; não poderia esperar mais... Para onde ela poderia ir?

"Ela teve uma vida difícil, Ma Parker." Sim, uma vida difícil, realmente! Seu queixo começou a tremer; não havia tempo a perder. Mas onde? Onde?

Não poderia ir para casa; Ethel estava lá. Ethel ficaria amedrontada demais. Ela não poderia sentar-se em um banco em qualquer lugar; as pessoas iriam começar a fazer perguntas. Ela não poderia voltar para o apartamento do cavalheiro; não tinha o direito de chorar na casa de estranhos. Se ela se sentasse em algum degrau, um policial viria falar com ela.

Ah, não havia nenhum lugar onde ela pudesse se esconder e ficar sozinha, o tempo que quisesse, sem incomodar ninguém, sem preocupar ninguém? Não havia lugar nenhum no mundo onde ela poderia – finalmente – chorar copiosamente?

Ma Parker parou, olhando para os lados. O vento gelado transformou seu avental em um balão. E agora começava a chover. Não havia lugar nenhum.

MARRIAGE À LA MODE[26]

No caminho para a estação William lembrou-se, com uma pontada de desapontamento, que não levava nada para as crianças. Coitadinhos! Seria decepcionante para eles. Suas primeiras palavras quando corriam para recebê-lo eram sempre "o que trouxe para mim, papai?", e ele não tinha nada para eles. Teria de comprar alguns doces na estação. Mas era o que fizera nos quatro sábados anteriores. Seus rostos desmoronaram na última vez, quando o viram chegar com as mesmas velhas caixas de novo.

E Paddy dissera: "Minha caixa era vermelha da outra vez!"

E Johnny dissera: "A minha é sempre rosa. Odeio rosa".

Mas o que William poderia fazer? As coisas não eram mais tão fáceis. Antigamente, claro, ele teria tomado um táxi para uma loja de brinquedos decente e escolhido algo para eles em cinco

26 "Casamento à moda", em francês. (N. do T.)

minutos. Mas agora eles tinham brinquedos russos, brinquedos franceses, brinquedos sérvios – brinquedos sabe-se lá de onde. Fazia mais de um ano que Isabel tinha jogado fora os velhos burrinhos, trenzinhos e brinquedos do tipo, porque, para os bebês, eles eram "terrivelmente sentimentais" e "extremamente maléficos para a percepção da forma".

"É tão importante", a nova Isabel explicara, "que eles sejam levados a gostar das coisas certas desde o comecinho. Assim, ganha-se muito tempo mais tarde. De verdade, se os coitadinhos tiverem que passar toda a infância olhando para essas monstruosidades, pode-se imaginar que, ao crescer, vão pedir para visitar a *Royal Academy*[27]."

E falava como se uma visita à *Royal Academy* fosse morte certa e imediata para qualquer um...

"Bom, não sei", disse William brevemente. "Quando tinha a idade deles, costumava ir para a cama abraçando uma velha toalha amarrada com um nó."

A nova Isabel olhou para ele, os olhos semicerrados, os lábios separados.

"Querido William! Tenho certeza que ia!" Riu à sua maneira nova.

Teria de levar-lhes doces, de qualquer jeito, pensou William com tristeza, procurando uns trocados no bolso para pagar o taxista. E viu as crianças oferecendo as caixas para todos – eram criancinhas terrivelmente generosas –, enquanto os preciosos

---

27 A *Royal Academy of Arts* (Academia Real de Artes) é um museu de arte privado situado na região central de Londres. (N. do T.)

amigos de Isabel não hesitariam em aceitar... E que tal frutas? William parou em uma barraca no interior da estação. Que tal um melão para cada um? Teriam de compartilhar o melão também? Ou um abacaxi para Pad e um melão para Johnny? Os amigos de Isabel não costumavam aparecer de fininho no quarto das crianças na hora das refeições. Mesmo assim, enquanto comprava o melão, William teve uma terrível visão, em que um dos jovens poetas de Isabel lambia uma fatia, por alguma razão desconhecida, atrás da porta do quarto.

Ele correu até o trem com os dois pacotes desajeitados. A plataforma estava lotada, o trem havia chegado. As portas se abriram e fecharam com um estrondo. Do motor surgiu um assobio tão alto que as pessoas, apressadas para cá e para lá, ficaram atordoadas. William foi direto para o vagão de fumantes da primeira classe, guardou sua valise e os pacotes e, tirando um maço enorme de documentos do bolso interno, dirigiu-se a um canto e começou a ler.

"Além do mais, nosso cliente tem certeza... Estamos inclinados a reconsiderar... no evento de..." Ah, assim era melhor. William ajeitou os cabelos para trás e estendeu as pernas. A queimação chata no peito tinha diminuído. "A respeito de nossa decisão..." Ele pegou um lápis azul e riscou um parágrafo lentamente.

Dois homens entraram, passaram por ele e dirigiram-se ao canto oposto. Um sujeito jovem arrumou seus tacos de golfe no bagageiro e sentou-se à sua frente. O trem fez um movimento brusco, partiram. William levantou o olhar e viu a estação quente e iluminada desaparecendo. Uma garota de rosto vermelho corria ao lado dos vagões, havia algo hostil, quase desesperado, na forma como ela acenava e gritava. "Histérica!", pensou William, entediado. Então um trabalhador ensebado no fim da plataforma, com a cara preta, sorriu para o trem que passava. E William pensou "que vida cruel!" e voltou para seus documentos.

Quando olhou para cima novamente, viu campos e animais abrigando-se sob árvores escuras. Um rio largo, com crianças nuas brincando no raso, deslizava no seu campo de visão e sumia novamente. O céu brilhava suavemente, com um pássaro planando no alto, como uma mancha escura em uma joia.

"Examinamos os arquivos de correspondência do nosso cliente..." A última frase que tinha lido ecoou na sua mente. "Examinamos..." William concentrou-se nessa frase, mas não adiantava; ela se quebrava no meio, e os campos, o céu, o pássaro planando, a água, tudo dizia "Isabel". O mesmo acontecia em todas as tardes de sábado. Sempre que estava a caminho de encontrar-se com Isabel, inúmeros encontros imaginários começavam. Ela estava na estação, um pouco isolada de todas as outras pessoas; sentada em um táxi do lado de fora; no portão do jardim; atravessando o gramado ressecado; à porta ou logo na entrada do saguão. E sua voz suave e nítida dizia "é o William", ou "olá, William!" ou "então o William chegou!" Ele tocava sua mão fria, sua bochecha fria.

O requintado frescor de Isabel! Quando ele era um garotinho, tinha enorme prazer em correr pelo jardim depois de uma chuva de verão e balançar a roseira sobre si. Isabel era essa roseira, com pétalas macias, cintilantes e frias. E ele ainda era aquele garotinho. Mas não havia mais corridas pelo jardim, risos ou o balançar da roseira agora. A queimação persistente e chata voltou-lhe ao peito novamente. Ele encolheu as pernas, jogou os documentos para o lado e fechou os olhos.

"O que é, Isabel? O que é?", disse ele afetuosamente. Estava no quarto deles na casa nova. Isabel sentava-se em um banquinho pintado em frente à penteadeira, que estava coberta de caixinhas pretas e verdes.

"O que é o quê, William?" Ela se inclinou à frente, e seus finos cabelos claros caíram sobre suas bochechas.

"Ah, você sabe!" Ele ficou em pé no meio do quarto e sentiu-se como um estranho. Nesse momento, Isabel virou-se rapidamente e encarou-o.

"Ah, William!", suplicou ela, segurando a escova de cabelos: "Por favor! Por favor, não seja tão terrivelmente conservador e... trágico. Você está sempre dizendo ou insinuando ou demonstrando que eu mudei. Só porque conheci pessoas realmente amigáveis, e saio mais, e estou imensamente interessada por... por tudo, você se comporta como se eu tivesse" – Isabel jogou o cabelo para trás e riu – "matado nosso amor ou algo assim. É tão absurdo" – ela mordeu o lábio – "e tão enlouquecedor, William. Você fica ressentido comigo até pela casa nova e pelos empregados."

"Isabel!"

"Sim, sim, é verdade de certa forma", disse Isabel rapidamente. "Você acha que são apenas outro mau sinal. Ah, eu sei que acha. Eu sinto", disse suavemente, "toda vez que você sobe aquelas escadas. Mas não podíamos continuar vivendo naquele buraco apertado, William. Seja prático, pelo menos! Ora, nem sequer havia espaço suficiente para os bebês."

Não, era verdade. Todo dia, quando ele voltava do escritório, encontrava os bebês com Isabel na sala dos fundos. Cavalgavam o tapete de leopardo jogado sobre a parte de trás do sofá, ou brincavam de lojinha com a mesa de Isabel como balcão ou Pad sentava-se no tapete da lareira remando como um louco com o atiçador de latão, enquanto Johnny atirava nos piratas com as pinças. E, todas as noites, se revezavam subindo de cavalinho na velha e gorda babá pelas escadas estreitas.

Sim, ele imaginava que a casinha era apertada. Uma casinha branca com cortinas azuis e uma floreira de petúnias na janela. William cumprimentava seus amigos à porta, dizendo: "Viu nossas petúnias? Bastante admiráveis para Londres, não acha?"

Mas o que era estúpido, o que havia de mais absolutamente extraordinário era que ele não tinha a mínima ideia de que Isabel não era tão feliz quanto ele. Deus, como fora cego! Naquela época, não imaginava que ela odiasse de verdade a casinha inadequada, que achasse que a babá gorda estava arruinando os bebês, que sentisse uma solidão desesperadora, que ansiasse por conhecer novas pessoas, novas músicas e pinturas, e muito mais. Se não tivessem ido para aquela festa de artistas na casa de Moira Morrison – se Moira Morrison não tivesse dito quando estavam de saída "vou salvar sua mulher, homem egoísta. Ela parece uma pequena e sofisticada Titânia[28]" –, se Isabel não tivesse ido com Moira para Paris, se... se...

---

28 Titânia é a rainha das fadas, um dos principais personagens da obra *Sonhos de uma Noite de Verão*, de William Shakespeare. (N. do T.)

O trem parou em outra estação. Bettingford. Por Deus! Chegariam em dez minutos. William guardou os documentos nos bolsos novamente; o jovem à sua frente tinha sumido havia tempos. Agora saíam os outros dois. O sol do fim da tarde reluzia sobre mulheres em vestidos de algodão e criancinhas descalças e bronzeadas. Brilhava sobre uma sedosa flor amarela com folhas ásperas, que se estendiam sobre uma encosta de rocha. O ar que se espremia pela janela tinha cheiro de mar. William perguntou-se se os mesmos amigos de Isabel viriam neste fim de semana.

E lembrou-se dos finais de semana que costumavam passar juntos, somente os quatro, além de uma aldeã, Rose, para cuidar dos bebês. Isabel usava um suéter e os cabelos trançados; parecia ter apenas catorze anos. Meu Deus! Como seu nariz costumava descascar! E comiam tanto, dormiam tanto naquela imensa cama de penas, com os pés entrelaçados... William não conseguia deixar de sorrir ao pensar no pavor que Isabel sentiria se soubesse a extensão de seu sentimentalismo.

"Olá, William!" Afinal, ela o esperava na estação, separada dos outros como havia imaginado e – o coração de William palpitou – estava sozinha.

"Alô, Isabel!" William olhou-a fixamente. Achou-a tão bonita que tinha de dizer algo: "Você parece tão calma".

"Pareço?", disse Isabel. "Não me sinto nem um pouco calma. Venha logo, seu horrendo e velho trem chegou atrasado. O táxi está lá fora." Colocou levemente a mão no braço dele quando passaram pelo fiscal. "Viemos todos esperar por você", disse ela. "Mas deixamos Bobby Kane na loja de doces, esperando que o chamássemos."

"Ah!", disse William. Foi tudo que pôde dizer no momento. O táxi esperava sob a luz, com Bill Hunt e Dennis Green esparramados de um lado, os chapéus inclinados sobre o rosto e, do outro lado, Moira Morrison, com uma boina parecendo um imenso morango, pulava para todo lado.

"Sem gelo! Sem gelo! Sem gelo!", gritava ela animadamente.

E Dennis, sob o chapéu, completou: "Gelo só para o peixeiro."

E Bill Hunt, surgindo do nada, adicionou: "Com peixes inteiros dentro".

"Ah, que tédio!", lamentou Isabel. E explicou para William que tinham percorrido a cidade toda à procura de gelo enquanto esperavam por ele. "Tudo está simplesmente se esvaindo pelos rochedos para o mar, a começar pela manteiga."

"Teremos que nos besuntar de manteiga, provavelmente", disse Dennis. "Que não falte pomada para vossa cabeça, William."

"Um momento", disse William, "como vamos nos sentar? É melhor eu ficar ao lado do motorista."

"Não, Bobby Kane vai ao lado do motorista", disse Isabel. "Você vai se sentar entre Moira e eu." O táxi partiu. "O que tem dentro desses pacotes misteriosos?"

"Cabeças de-ca-pi-ta-das!", disse Bill Hunt, estremecendo sob o chapéu.

"Ah, frutas!" Isabel pareceu muito satisfeita. "Sábio William! Um melão e um abacaxi. Que gentil!"

"Não, esperem um pouco", disse William, sorrindo. Mas, na verdade, estava ansioso. "Eu as trouxe para as crianças."

"Ah, meu querido!" Isabel riu, deslizando a mão através

do braço dele. "Eles se retorceriam de agonia se comessem isso. Não" – deu um tapinha na sua mão –, "você deve trazer-lhes outra coisa da próxima vez. Recuso-me a soltar meu abacaxi."

"Isabel cruel! Deixe-me cheirá-lo!", disse Moira. Estendeu os braços na frente de William num gesto de súplica. "Ah!", gemeu fracamente. A boina de morango tinha caído para a frente.

"A dama apaixonada pelo abacaxi", disse Dennis, enquanto o táxi parava em frente a uma lojinha com persianas listradas. Dela saiu Bobby Kane, com os braços cheios de pacotinhos.

"Espero que estejam bons. Escolhi cada um baseado nas cores. Essas coisas redondinhas parecem incríveis demais. Olhem este confeito", gritou, em êxtase, "olhem só pra ele! É um perfeito balé."

Nesse instante, o dono da loja apareceu. "Ah, tinha esquecido. Não cheguei a pagar por eles", disse Bobby, olhando amedrontado. Isabel deu uma nota para o homem, e Bobby ficou radiante novamente. "Olá, William! Vou sentar-me ao lado do motorista." E saltou para o seu lugar, sem chapéu, todo vestido de branco, com as mangas arregaçadas até os ombros. "*Avanti*!", gritou ele...

Depois do chá, os outros foram tomar banho de mar, enquanto William fazia as pazes com as crianças. Johnny e Paddy adormeceram, a luz rosa avermelhada empalideceu, morcegos começaram a voar e, mesmo assim, os banhistas não tinham voltado. Enquanto William perambulava no andar de cima, a criada atravessou o saguão carregando uma lâmpada. Ele a seguiu até a sala de estar. Era uma sala comprida, pintada de amarelo. Na parede em frente a William, alguém havia pintado um sujeito gigante de pernas tortas oferecendo uma margarida com olhos arregalados para uma jovem que tinha um braço muito curto e outro muito longo e fino. Sobre as cadeiras e o sofá, tiras de algum material preto estavam penduradas, cobertas de grandes respingos semelhantes a ovos quebrados e, por toda parte que se olhasse, parecia haver um cinzeiro cheio de bitucas de cigarro.

William sentou-se em uma das poltronas. Ultimamente, quando se passava a mão pelos cantos, não era para descobrir um carneirinho com três pernas ou uma vaquinha que tinha perdido um chifre nem uma pomba bem gordinha saída da Arca de Noé. O que se encontrava era mais um livro encapado com poemas indecifráveis... Ele pensou no maço de documentos no seu bolso, mas estava faminto e cansado demais para ler. A porta estava aberta; sons vinham da cozinha. Os criados falavam como se estivessem sozinhos na casa. De repente, uma gargalhada estridente e um "shh!" igualmente alto surgiram. Lembraram-se dele. William levantou-se e foi até a porta-balcão que dava para o jardim e, em pé no escuro, ouviu os banhistas subindo pela estrada de areia. Suas vozes ecoavam no silêncio.

"Acho que é a hora da Moira usar de seus artifícios."

Moira soltou um gemido trágico. "Temos que arranjar um gramofone para tocar *A Criada das Montanhas*[29] nos fins de semana."

---

29 A opereta *The Maid of the Mountains*, composta em 1917 por Harold Fraser-Simson (música) e Harry Graham (letra), foi um grande sucesso à época. (N. do T.)

"Ah, não! Ah, não!", gritou a voz de Isabel. "Não é justo para William. Sejam gentis com ele, minhas crianças! Ele só vai ficar até amanhã à noite."

"Deixem comigo", disse Bobby Kane. "Sou ótimo em lidar com pessoas."

O portão abriu e fechou. William passou pelo terraço; eles o viram. "Olá, William!" E Bobby Kane, agitando sua toalha, começou a saltar e fazer piruetas no gramado ressecado. "Que pena que não veio conosco, William. A água estava divina. E, depois, fomos todos para um pequeno *pub* tomar um licor de ameixas."

Os outros entraram na casa. "Isabel", chamou Bobby, "gostaria que eu usasse meu traje de Nijinsky[30] hoje à noite?"

"Não", disse Isabel, "ninguém vai se vestir. Estamos todos famintos. William está com fome também. Venham comigo, *mes amis*[31], vamos começar com as sardinhas."

"Achei as sardinhas", disse Moira correndo até o saguão, segurando uma caixa sobre a cabeça.

"A dama com a caixa de sardinhas", disse Dennis seriamente.

"Bom, William, e como está Londres?", perguntou Bill Hunt, tirando a rolha de uma garrafa de uísque.

"Ah, Londres não mudou muito", respondeu William.

"A boa e velha Londres", disse Bobby, muito cordial, espetando uma sardinha.

30 Vaslav Nijinsky (1889-1950) foi um prestigiado bailarino e coreógrafo russo. Seus trajes escandalizaram a sociedade europeia do começo do século XX, já que usava, muitas vezes, vestidos e fantasias comumente femininos. (N. do T.)

31 "Meus amigos", em francês. (N. do T.)

Esqueceram-se de William no momento seguinte. Moira Morrison começou a se perguntar de que cor as pernas ficavam sob a água.

"As minhas são as mais claras, da cor dos cogumelos mais pálidos."

Bill e Dennis comeram feito glutões. Isabel completava os copos, trocava os pratos e ia buscar fósforos, sorrindo em êxtase. Em um dado momento, disse: "Bill, adoraria que você pintasse".

"Pintar o quê?", disse Bill muito alto, enchendo a boca com pão.

"Nós todos", disse Isabel, "ao redor da mesa. Será tão fascinante daqui a vinte anos."

Bill virou os olhos e mastigou. "A luz está ruim", disse com rispidez, "muito amarelo"; e continuou a comer. Até isso pareceu encantar Isabel.

Depois da ceia estavam tão cansados que não puderam fazer mais nada além de bocejar, até ser tarde o suficiente para ir para a cama... Foi só enquanto esperava pelo seu táxi na tarde seguinte que conseguiu ficar sozinho com Isabel.

Quando trouxe sua valise para o saguão, Isabel deixou os outros e veio até ele. Inclinou-se e pegou a valise. "Que peso!", disse ela e soltou um sorrisinho embaraçoso. "Deixe-me carregá-la! Até o portão."

"Não, por que deveria?", disse William. "Claro que não. Dê para mim."

"Ah, por favor, deixe", disse Isabel. "Eu quero, de verdade." Caminharam juntos em silêncio. William sentia que, agora, não tinha nada para dizer.

"Pronto", disse Isabel, triunfante, colocando a maleta no chão e olhando ansiosamente para a estrada de areia. "Parece que mal nos vimos desta vez", disse ofegante. "É tão curto, não é? Parece que você acabou de chegar. Da próxima vez..." O táxi apareceu. "Espero que cuidem bem de você em Londres. Sinto muito pelos bebês ficarem o dia todo fora, mas a srta. Neil tinha combinado. Vão odiar não poder vê-lo. Pobre William, de volta para Londres."

O táxi virou. "Adeus!" Deu-lhe um beijinho rápido; desapareceu.

Campos, árvores, cercas passaram. Balançavam-se pela cidadezinha vazia que parecia não ver nada, rareando através da íngreme subida até a estação.

O trem já chegara. William foi direto até o vagão de fumantes da primeira classe, dirigiu-se a um canto, mas desta vez não pegou os documentos. Cruzou os braços sobre a queimação chata e persistente e começou a escrever uma carta para Isabel na sua mente.

O correio estava atrasado como sempre. Sentaram-se em espreguiçadeiras do lado de fora, sob guarda-sóis coloridos. Apenas Bobby Kane deitou-se na grama, aos pés de Isabel. Estava nublado, sufocante; o dia esmoreceu em agonia.

"Vocês acham que há segundas-feiras no céu?", perguntou Bobby, soando infantil.

E Dennis murmurou: "O céu será uma longa segunda-feira".

Mas Isabel não conseguia parar de imaginar o que acontecera com o salmão que comeram na ceia da noite anterior. Ela planejara fazer maionese de peixe para o almoço e agora...

Moira estava cochilando. Dormir era sua última descoberta. "É maravilhoso. Basta fechar os olhos e só. É tão delicioso."

Quando o velho carteiro corado apareceu ziguezagueando pela estrada de areia no seu triciclo, foi impossível não confundir o guidão com remos.

Bill Hunt abaixou seu livro. "Cartas", disse com afetação, e todos esperaram. Mas, carteiro insensível – ó mundo cruel! Tinha somente uma grossa carta para Isabel. Nem mesmo um jornal.

"Apenas uma carta do William", disse Isabel com tristeza.

"Do William – já?"

"Está lhe enviando sua certidão de casamento como uma doce lembrança."

"Todos têm certidões de casamento? Achei que serviam apenas para os criados."

"Páginas e mais páginas! Olhem para ela! A dama lendo uma carta", disse Dennis.

"Minha querida e preciosa Isabel." Eram realmente páginas e mais páginas. À medida que Isabel lia, a surpresa dava lugar a uma sensação de asfixia. Que diabos teria levado William...? Que inesperado...

O que teria acontecido para ele...? Sentia-se confusa, mais e mais excitada, mais amedrontada. Era tão típico de William. Era mesmo? Era absurdo, claro, deve ser um absurdo, ridículo. "Rá, rá, rá! Meu Deus!" O que ela deveria fazer? Isabel reclinou-se na cadeira e começou a rir até não conseguir mais parar.

"Conte, conte para a gente", disseram os outros. "Você tem que contar."

"Mal vejo a hora", balbuciou Isabel. Sentou-se, arrumou as folhas da carta e acenou com elas. "Juntem-se", disse ela. "Ouçam, é incrível demais. Uma carta de amor!"

"Uma carta de amor! Mas que esplêndido!"

"Querida e preciosa Isabel." Mas mal começara e as risadas deles interromperam-na.

"Continue, Isabel, é perfeita."

"É o achado mais maravilhoso."

"Ah, continue, Isabel!"

"Que Deus me proíba, minha querida, de ser um empecilho para a sua felicidade."

"Ah! Ah! Ah!"

"Shh! Shh! Shh!"

E Isabel continuou. Quando chegou ao fim, estavam histéricos. Bobby rolava na grama, quase soluçando.

"Você tem que entregá-la para mim, inteira, para o meu novo livro", disse Dennis com firmeza. "Devo dedicar-lhe um capítulo inteiro."

"Ah, Isabel", gemeu Moira, "aquela parte sensacional sobre tê-la nos braços dele!"

"Sempre achei que aquelas cartas em casos de divórcio fossem inventadas. Mas elas não são nada diante desta."

"Deixe-me segurá-la. Deixe-me lê-la sozinho", disse Bobby Kane.

Mas, para a surpresa de todos, Isabel amassou a carta na sua mão. Não estava mais rindo. Deu uma olhada rápida em todos; parecia exausta. "Não, agora não. Agora não", gaguejou.

E, antes que eles pudessem se recuperar, tinha corrido para dentro da casa, através do saguão, subindo as escadas até seu quarto. Sentou-se do lado da cama. "Que vil, odiosa, abominável, vulgar", murmurou Isabel. Apertou os olhos com os dedos e balançou-se para a frente e para trás. E novamente viu-os, não apenas os quatro, mas mais ou menos quarenta deles rindo, caçoando, debochando aos risos, esticando as mãos enquanto ela lia a carta de William para eles. Ah, que coisa repugnante ela fizera. Como poderia ter feito isso? "Que Deus me proíba, minha querida, de ser um empecilho para a sua felicidade." William! Isabel apertou o rosto contra o travesseiro. Mas teve a sensação de que até mesmo aquele quarto sisudo sabia que ela era superficial, rasa, egoísta...

Neste momento, vozes surgiram no jardim abaixo.

"Isabel, nós vamos tomar um banho de mar. Venha!"

"Venha, ó esposa de William!"

"Chame-a mais uma vez antes de sairmos, chame uma vez mais!"

Isabel sentou-se. Agora era o momento, agora precisava decidir. Iria com eles ou ficaria ali e escreveria para William. Qual, qual escolheria? "Preciso me decidir." Ah, como ela poderia ficar na dúvida? Claro que ficaria ali e escreveria.

"Titânia!", gritou Moira.

"Isa-bel!"

Não, era difícil demais. "Irei – irei com eles e escrevo para William mais tarde. Alguma outra hora. Mais tarde. Agora não. Mas com certeza escreverei", pensou Isabel, com pressa.

E rindo, à sua maneira nova, correu pelas escadas abaixo.

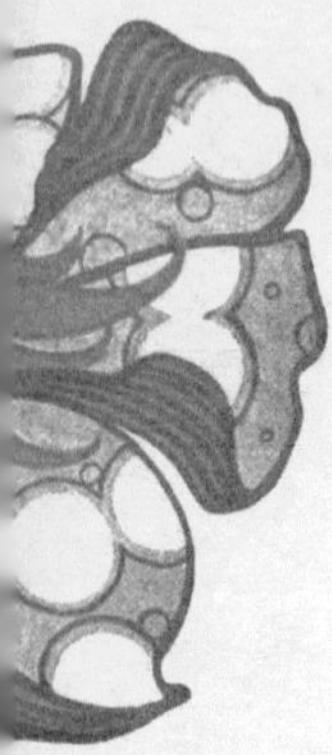

A VIAGEM

O barco estava programado para partir às onze e meia. Fazia uma bela noite, amena, estrelada, quando saíram do táxi e começaram a caminhar pelo Cais Antigo, que se estendia até o porto. Um vento fraco vindo da água levantava o chapéu de Fenella, e ela ergueu a mão para mantê-lo na cabeça. O Cais Antigo estava escuro, muito escuro; os galpões de lã, os caminhões de gado, os imensos guindastes, a pequena locomotiva, tudo parecia entalhado na escuridão. Aqui e ali, sobre uma pilha arredondada de lenha semelhante ao caule de um imenso cogumelo preto, havia um lampião, que aparentava ter medo de estender sua luz tímida e trêmula por toda aquela escuridão; queimava suavemente, como se o fizesse somente para si.

O pai de Fenella continuava a passos nervosos e rápidos. Ao lado dele, a avó o acompanhava com seu casaco preto barulhento; iam tão rápido que, volta e meia, ela tinha de dar um pulinho constrangedor para alcançá-los. Além da sua bagagem amarrada como uma salsicha, Fenella carregava apertado junto ao corpo o guarda-chuva da avó, cujo cabo, a cabeça de um cisne, ficava dando-lhe bicadinhas no ombro, como se quisesse apressá-la... Homens com os chapéus abaixados e os colarinhos levantados passavam por eles; algumas poucas mulheres todas encapotadas corriam; um menininho, os pequeninos braços e pernas negros à mostra sob um xale branco de lã, era sacudido violentamente entre o pai e a mãe; parecia um filhote de mosca caído sobre o leite.

Então, de repente, tão de repente que Fenella e sua avó pularam de susto, ecoou por detrás do maior galpão de lã, aquele debaixo de uma trilha de fumaça: "Muo-ooo-ooo-OOO!"

"Primeiro aviso", disse seu pai brevemente e, neste exato momento, ela pôde ver o barco. Lá estava ele, ao lado do cais escuro, todo amarrado, todo decorado com luzes douradas, parecendo mais preparado para velejar através das estrelas do que no mar gelado. As pessoas se espremiam ao longo do passadiço. Primeiro foi seu pai, depois sua avó, depois Fenella. Tinha de subir um degrau alto para o convés, e um velho marinheiro de suéter ofereceu-lhe sua mão seca e áspera. Chegaram; saíram do caminho das pessoas apressadas e, parados sob uma pequena escada de ferro que levava ao convés superior, começaram a dizer adeus.

"Aqui, mãe, aqui está sua bagagem!", disse o pai de Fenella dando à avó outra salsicha amarrada.

"Obrigada, Frank."

"Você está com os bilhetes da cabine?"

"Sim, querido."

"E os outros bilhetes?"

A avó procurou dentro da luva e mostrou-lhe as pontas dos bilhetes.

"Tudo certo."

Ele soava duro, mas Fenella, observando-o com atenção, percebeu que ele parecia cansado e triste. "Muo-ooo-ooo-OOO!" O segundo aviso rompeu sobre a cabeça deles, e uma voz semelhante a um choro gritou: "Alguém mais para o passadiço?"

"Mande lembranças minhas ao pai", Fenella viu os lábios do pai dizer. E sua avó, muito agitada, respondeu: "Claro que mandarei, querido. Agora vá. Senão não poderá descer. Vá agora, Frank. Vá agora".

"Está tudo bem, mãe. Ainda tenho três minutos." Para sua surpresa, Fenella viu o pai tirar o chapéu. Agarrou a avó em seus braços e apertou-a contra si. "Deus a abençoe, mãe!", ouviu-o dizer.

E a avó colocou sua mão com a luva preta de tecido, completamente gasta no dedo anelar, na bochecha dele e soluçou: "Deus o abençoe, meu corajoso filho!"

Foi uma cena tão terrível que Fenella virou de costas para eles rapidamente, engoliu em seco uma, duas vezes e fez uma cara feia para uma estrelinha verde no mastro principal. Mas teve de virar-se novamente, seu pai estava indo embora.

"Adeus, Fenella. Seja uma boa menina." Seu bigode úmido e frio tocou sua bochecha. Fenella agarrou as lapelas do seu casaco.

"Quanto tempo vou ficar?", sussurrou ansiosamente. Ele não olhava para ela. Livrou-se dela gentilmente, e gentilmente disse: "Veremos. Aqui! Onde está sua mão?" Apertou algo contra a mão dela. "Aqui está um xelim no caso de você precisar."

Um xelim! Ele deve ir embora para sempre! "Pai!", gritou Fenella. Mas ele tinha ido embora. Fora o último a sair do navio. Os marinheiros começaram a trabalhar no passadiço. Uma imensa bobina de corda escura disparou pelo ar e caiu no cais: "bum". Um sino tocou; um assobio apitou. Silenciosamente o cais escurecido começou a deslizar, a escorregar, a afastar-se deles. Agora havia uma enxurrada de água entre eles. Fenella tentou enxergar com todas as forças. "Era o pai que estava voltando?" – ou acenando? Ou em pé, isolado? Ou indo embora sozinho? A faixa de água tornou-se mais larga, mais escura. Agora o barco começava a virar continuamente, apontando para o mar. Não adiantava mais olhar. Não havia nada para ver além de umas poucas luzes, a fachada do relógio da cidade flutuando no ar e mais luzes, pedacinhos delas, nas colinas escuras.

O vento fresco puxou a saia de Fenella; ela voltou-se para a avó. Para seu alívio, a avó não parecia mais triste. Ela colocara as duas salsichas de bagagem uma em cima da outra e sentara-se sobre elas, com as mãos juntas, a cabeça levemente inclinada para um lado.

Tinha um olhar luminoso e determinado no rosto. Então Fenella viu que seus lábios se mexiam e supôs que ela estava rezando. Mas a velha acenou-lhe com a cabeça como se dissesse que a oração estava quase acabando. Soltou as mãos, suspirou, juntou-as de novo, inclinou-se para a frente e, afinal, sacudiu-se levemente.

"E agora, filha", disse ela, mexendo no laço dos cordões da

touca com os dedos, "acho que devemos procurar nossas cabines. Fique perto de mim e tente não escorregar."

"Sim, vovó!"

"E cuidado para que os guarda-chuvas não fiquem presos no guarda-corpo da escada. Vi um lindo guarda-chuva quebrado no meio no caminho até aqui."

"Sim, vovó!"

Contornos escuros de homens recostavam-se no gradil. Na chama dos seus cachimbos brilhava um nariz, ou a ponta de um chapéu, ou um par de sobrancelhas surpresas. Fenella olhou para cima. Lá no alto, uma silhueta pequenina, com as mãos nos bolsos do casaco, olhava para o mar. O navio balançava levemente e ela achou que as estrelas balançavam também. Agora um comissário pálido em um casaco de linho, segurando uma bandeja no alto com a palma da mão, saiu de um acesso iluminado e passou por elas. Elas percorreram o acesso. Cuidadosamente, subiram para um patamar alto de metal até o tapete de borracha e, depois, desceram um lance de escadas tão íngreme que a avó teve que colocar os dois pés em cada degrau, e Fenella agarrou-se firme no gradil, esquecendo-se completamente do guarda-chuva com pescoço de cisne.

Ao fundo das escadas, a avó parou; Fenella ficou com medo de que ela começasse a rezar novamente. Mas não, parou apenas para pegar os bilhetes da cabine. Estavam no salão principal. Era iluminado e asfixiante; cheirava a tinta, costeletas queimadas e borracha. Fenella queria que sua avó continuasse andando, mas não dava para apressar a velha. Uma cesta imensa de sanduíches de presunto atraiu seu olhar. Foi até ela e encostou o dedo delicadamente no sanduíche do alto da pilha.

"Quanto custam os sanduíches?", perguntou ela.

"Dois centavos!", berrou um comissário rude, arremessando uma faca e um garfo para baixo.

A avó mal pôde acreditar.

"Dois centavos cada?", perguntou ela.

"Isso mesmo", disse o comissário, piscando para seu colega.

A avó fez uma carinha de surpresa. Então sussurrou afetadamente para Fenella. "Que crueldade!" E dirigiram-se à porta mais afastada, até um corredor que tinha cabines em ambos os lados. Uma camareira muito simpática veio ao encontro delas. Estava vestida completamente de azul e tinha botões grandes de metal na gola e nos punhos. Parecia conhecer muito bem a avó.

"Bom, sra. Crane", disse ela, destrancando o lavatório delas. "Novamente a temos de volta. A senhora não costuma reservar uma cabine."

"Não", disse a avó. "Mas desta vez a consideração do meu querido filho..."

"Espero...", começou a camareira. Então, virou-se e lançou um olhar longo e triste para as vestes pretas da avó, para o casaco e a saia pretos de Fenella, a blusa preta e o chapéu com uma rosa de crepe.

A avó assentiu com a cabeça. "Foi a vontade de Deus", disse ela.

A camareira cerrou os lábios e, inspirando longamente, pareceu crescer.

"O que sempre digo é", disse ela, como se fosse uma descoberta só sua, "cedo ou tarde todos teremos que partir, e essa é uma certeza." Fez uma pausa. "Então, posso trazer-lhe algo, sra. Crane? Uma xícara de chá? Sei que não adianta oferecer-lhe algo para aplacar o frio."

A avó balançou a cabeça. "Nada, obrigada. Trouxemos alguns biscoitos de vinho, e Fenella tem uma linda banana consigo."

"Então darei uma olhada em vocês mais tarde", disse a camareira e saiu, fechando a porta.

Que cabine minúscula! Era como ser trancafiada em uma caixa com a avó. O olho redondo e escuro sobre o lavatório brilhou sobre elas, sem vida. Fenella sentiu-se intimidada. Colocou-se contra a porta, ainda segurando sua bagagem e o guarda-chuva. Iriam despir-se ali? Sua avó já tinha tirado a touca e, enrolando os cordões, prendeu-os no forro com um alfinete antes de pendurá-la. Seus cabelos brancos brilhavam como seda; o pequeno coque estava coberto com uma redinha preta. Fenella quase nunca via a avó com a cabeça descoberta; ela parecia-lhe estranha.

"Devo colocar o chapéu de lã que sua querida mãe tricotou para mim", disse a avó e, desamarrando a salsicha, tirou de dentro o chapéu e enrolou-o em volta da cabeça. A franja de bolinhas cinza dançava sobre suas sobrancelhas enquanto ela sorria com ternura e pesar para Fenella. Ela desabotoou o corpete, algo sob o corpete e ainda algo mais por baixo de tudo. Então, pareceu travar uma luta curta e afiada e a avó enrubesceu levemente. Snip! Snip! Ela soltara o espartilho. Respirou aliviada e, sentando-se no sofá, lenta e cuidadosamente tirou as botas com laterais de elástico e colocou-as uma ao lado da outra.

Enquanto Fenella tirava o casaco e a saia e colocava a camisola de flanela, sua avó já estava pronta.

"Tenho que tirar minhas botas, vovó? São de renda."

A avó ponderou profundamente por um momento. "Você se sentiria muito mais confortável se tirasse, filha", disse ela. Beijou Fenella. "Não esqueça de fazer suas orações. Quando estamos no mar, Nosso Senhor está ainda mais perto de nós do que quando nos encontramos em terra firme. E como sou uma viajante experiente", disse a avó rapidamente, "devo pegar a cama de cima."

"Mas, vó, como você vai subir lá?"

Três passinhos de aranha foi tudo que Fenella viu. A velha soltou uma risadinha leve antes de subir agilmente e olhou para a impressionada Fenella por sobre a parte de cima do beliche.

"Você achou que sua avó não conseguiria fazer isso, não é?", disse ela. E, enquanto ela deitava, Fenella ouviu a leve risadinha novamente.

O quadrado duro de sabão marrom não fazia espuma, e a água da garrafa parecia um tipo de geleia azul. E como era difícil enfiar-se sob os lençóis duros; era preciso abrir caminho entre eles. Se tudo fosse diferente, Fenella poderia ter caído na risada... Finalmente estava coberta e, enquanto ela recuperava o fôlego, um longo e suave sussurro surgiu acima dela, como se alguém estivesse gentilmente, gentilmente procurando algo através de lenços de papel. Era a avó fazendo suas orações...

Um longo tempo se passou. Então a camareira entrou; ela andou suavemente e apoiou a mão na cama da avó.

"Estamos passando pelo Estreito", disse ela.

"Ah!"

"Está uma noite agradável, mas estamos praticamente vazios. Podemos balançar um pouco."

E realmente, naquele momento, o barco subiu, subiu e pairou no ar tempo suficiente para estremecer antes de descer novamente, e pôde-se ouvir o som da água batendo contra as laterais. Fenella lembrou-se de ter deixado o guarda-chuva com o pescoço de cisne em pé sobre o sofá. Se caísse, será que ele quebraria? Mas a avó lembrou-se também, ao mesmo tempo.

"Será que você se importaria, camareira, de deitar o meu guarda-chuva?", sussurrou ela.

"Claro que não, sra. Crane." E a camareira, voltando-se para a avó, murmurou: "Sua netinha está num sono tão calmo".

"Louvado seja Deus por isso!", disse a avó.

"Pobre criancinha sem mãe!", disse a camareira. E a avó ainda estava contando tudo que acontecera quando Fenella caiu no sono.

Mas ela não dormiu tempo suficiente para sonhar, antes de acordar de novo com algo balançando no ar sobre sua cabeça.

O que era aquilo? O que poderia ser? Era um pezinho cinza. Agora outro juntava-se a ele. Pareciam estar procurando algo; um suspiro soou.

"Estou acordada, vovó", disse Fenella.

"Ah, querida, estou perto da escada?", perguntou a avó. "Achei que era deste lado."

"Não, vó, é do outro.Vou colocar seu pé nela. Já chegamos?", perguntou Fenella.

"Estamos no porto", disse a avó. "Temos que nos levantar, filha. É melhor você comer um biscoito para poder se equilibrar antes de se mexer."

Mas Fenella já pulara da outra cama. O lampião ainda queimava, porém a noite já tinha chegado ao fim e fazia frio. Olhando através daquele olho redondo, ela podia ver algumas pedras ao longe. Agora estavam dispersas na espuma; agora uma gaivota cruzava; e agora surgia um longo pedaço de terra.

"É a terra, vovó", disse Fenella, questionadora, como se estivessem juntas no mar havia semanas. Ela se abraçou; ficou sobre um pé só e esfregou-o com os dedos do outro pé; estava tremendo. Ah, tudo estava tão triste ultimamente. Será que mudaria? Mas tudo que sua avó disse foi: "Apresse-se, filha. Vou deixar sua bonita banana para a camareira já que você não comeu". Fenella colocou as roupas pretas de novo, e um botão pulou de uma das suas luvas para um lugar onde ela não podia alcançar. Subiram para o convés.

Se estava frio na cabine, no convés estava gelado. O sol ainda não tinha nascido e as estrelas estavam fraquinhas; o céu frio e pálido tinha a mesma cor do mar frio e pálido. Na terra, uma névoa branca subia e descia. Já podiam ver claramente a floresta escura. Podiam distinguir até mesmo as formas das samambaias e daquelas estranhas árvores prateadas e murchas que parecem esqueletos... Agora podiam ver o ancoradouro e algumas casinhas, também pálidas, aglomeradas, como conchas na tampa de uma caixa. Os outros passageiros andavam para cima e para baixo, mas mais devagar que na noite anterior e pareciam desanimados.

E agora o ancoradouro chegava até eles, lentamente nadando até o barco. E um homem segurando um rolo de corda, uma carroça com um cavalinho exausto e outro homem sentado em um degrau chegaram também.

"É o Sr. Penreddy, Fenella, que veio nos esperar", disse a avó. Soava contente. Suas bochechas brancas e sedosas estavam azuis de frio, seu queixo tremia e ela tinha de esfregar os olhos e o narizinho rosado a todo momento.

"Você está com meu...?"

"Sim, vovó." Fenella mostrou-o para ela.

A corda disparou pelo ar e, "bum", caiu no convés. O passadiço foi abaixado. De novo, Fenella seguiu sua avó até o cais, passou pela carroça e, um momento depois, estavam sacolejando novamente. Os cascos do cavalinho bateram nas vigas de madeira e depois afundaram na estrada de areia. Não se via vivalma; não havia sequer um sinalzinho de fumaça. A névoa subia e descia, e o mar ainda soava completamente adormecido quando chegava à praia, vagarosamente.

"Vi o sr. Crane ontem", disse o sr. Penreddy. "Já voltou a parecer ele mesmo. A patroa assou uma fornada de pãezinhos para ele semana passada."

E agora o cavalinho parou diante de uma das casinhas idênticas a conchas. Desceram. Fenella colocou a mão no portão, e imensas gotas trêmulas de orvalho encharcaram os dedos da sua luva. Subiram por um caminho de seixos redondos e brancos, com flores ensopadas e sonolentas de cada lado. Os delicados cravos brancos da avó estavam tão repletos de orvalho que caíram para os lados, mas seu cheiro doce era parte da manhã fria. Na casinha, as persianas continuavam fechadas; galgaram os degraus até o alpendre. Havia um par de sapatos de um lado da porta e um grande regador vermelho do outro.

"Tsc! Tsc! Seu avô", disse a avó. Ela girou a maçaneta. Nem um som sequer. Chamou: "Walter!" E imediatamente uma voz grave que soava um pouco abafada chamou de volta: "É você, Mary?"

"Espere, querido", disse a avó. "Entre aí." Gentilmente, ela empurrou Fenella para dentro de uma pequena e sombria sala de estar.

Sobre uma mesa um gato branco, todo enrodilhado, levantou-se, esticou o corpo, bocejou e depois colocou-se na ponta dos dedos. Fenella enterrou a mãozinha fria no pelo quente e branco e sorriu timidamente enquanto o acariciava e ouvia a voz suave da avó e a fala enrolada do avô.

Uma porta rangeu. "Entre, querida." A velha acenou, Fenella seguiu-a. Ali, deitado no lado de uma imensa cama, estava o avô. Apenas sua cabeça com um tufo branco, seu rosto rosado e sua longa barba prateada apareciam por sobre a colcha. Ele parecia um pássaro bem desperto e muito velho.

"Bom, minha garota!", disse o avô. "Dê cá um beijo!" Fenella o beijou. "Ah!", disse o avô. "O nariz dela está gelado como o focinho de um cachorro. O que ela está segurando? O guarda-chuva da sua avó?"

Fenella sorriu novamente e pendurou o pescoço do cisne na grade da cama. Sobre a cabeceira, havia um grande texto em uma moldura preta:

"Perdida! Uma hora de ouro

Decorada com sessenta minutos de diamante.

Não se oferece nenhuma recompensa,

Pois ela se foi para sempre!"

"Foi sua avó que pintou", disse o avô. E arrepiou seu tufo branco e olhou tão alegremente para Fenella que ela chegou a pensar que ele tinha piscado para ela.

Impressão e Acabamento
Gráfica Oceano